18 ans, enfin presque

Du même auteur :

Un clin d'œil au bonheur - Édition BoD, novembre 2020

Au fil de l'eau - Édition BoD, décembre 2020

© 2021, conception graphique : Auriane Durand
Photo de couverture : Ruth Black – Christian Ferrer

Sophie Bouron

18 ans, enfin presque

ROMAN

© 2022, Sophie Bouron

Édition : BoD – Books on Demand
12/14 rond-point des Champs-Élysées, 75008 Paris
Impression : BoD - Books on Demand, Norderstedt, Allemagne

ISBN : 978-2-322-37795-4

Dépôt légal : février 2022

Le Code de la propriété intellectuelle interdit les copies ou reproductions destinées à une utilisation collective. Toute représentation ou reproduction intégrale, même partielle faite par quelque procédé que ce soit, sans le consentement de l'auteur ou de ses ayants cause, est illicite et constitue une contrefaçon sanctionnée par les articles L.335-2 et suivants.

À Yannis et Bilel,
mes fils

" *Écoute, maman est près de toi, il faut lui dire :*
*' maman, c'est quelqu'un pour toi ' *"
Claude François

Sybelle

Dans une maison à la nantaise, une cuisine aménagée vert tilleul trône. Sur le plan de travail en chêne, une carcasse de poulet est déchiquetée par les crocs d'un border collie affamé. Son chiot, qui n'a pas trouvé de famille d'adoption, ramasse les restes à même le sol. Un téléphone sonne dans le vide. De temps à autre, il se tait pour mieux redonner de la voix cinq minutes plus tard. Personne ne l'entend ou ne veut l'entendre. Au bout du couloir, Sybelle se prélasse dans la chaleur de son bain moussant.

— Maman je sors, crie un adolescent.
— À ce soir mon grand !

Les pieds en éventail, cette femme se détend sous l'effet du chèvrefeuille qui émerveille ses narines. Elle se laisse glisser dans cet environnement calme et apaisant. Elle souffle sur la surface de l'eau pour regarder voguer les flocons aux reflets irisés. Par la baie vitrée donnant sur sa chambre, elle aperçoit l'heure du radio réveil et ne peut réprimer un râle de soulagement. Aujourd'hui, elle est libre de son emploi du temps, libre de s'adonner à son ménage ou alors retourner au lit pour entamer, voire finir un roman qui dort sur les étagères de son imposante bibliothèque.

Dans cette commune rurale, derrière l'église, une cabine téléphonique en retraite accueille et distribue les livres délaissés par leur propriétaire. Ils circulent dans les mains d'un ou plusieurs lecteurs avant d'atterrir entre les paumes de Sybelle qui refuse de s'en séparer. Cette femme ne peut expliquer pourquoi lorsqu'elle a un coup de cœur pour une couverture ou une phrase découverte au hasard des pages, elle ressent le besoin viscéral de se l'approprier pour l'éternité. Pour ne pas se sentir redevable de quiconque, elle laisse une offrande en la personne d'un jouet, d'un vêtement ou de chaussures dont ses enfants n'ont plus l'utilité. Ce troc lui convient et donne un sens à sa vie de mère au foyer. Elle pourrait songer à une reconversion professionnelle, son fils et ses deux filles sont relativement autonomes, mais elle ne conçoit pas une vie hors de son logis au charme d'antan. Les récits de son entourage, au sujet du rythme soutenu de leur activité pour espérer une gratification minime, l'épuisent. Sybelle vit pleinement son rôle de maman poule et ne l'échangerait pour rien au monde. Le regard pétillant de Timothée, Adèle et Garance devant leur goûter préparé par ses bons soins n'ont pas de prix, si ce n'est celui du bonheur. Chaque jour, elle œuvre en cuisine pour inventer de nouvelles recettes pour les émerveiller et surtout pour combler son besoin de materner.

    La sonnerie du téléphone est dorénavant couplée au carillon de l'entrée, Sybelle lève les yeux au ciel. Sa patience a des limites. Elle sort de la baignoire, attrape un drap de bain et l'enroule autour de sa généreuse poitrine. Pieds nus, elle trottine dans le couloir en tentant de ne pas glisser. Un accident domestique est si vite arrivé. Des coups de poing sont donnés sur la porte. La poignée ne cesse d'être actionnée. Une voix grommelle à l'extérieur.

— C'est bon j'arrive, il n'y a pas le feu au lac !

Cette femme réajuste la serviette éponge et positionne ses cheveux vers l'arrière en écartant bien ses doigts longs et fins pour que les anglaises se forment. Elle tient à son image, son honneur. Après une brève hésitation, elle ouvre d'un grand sourire.

— Bonjour ma princesse !

Un homme l'embrasse sur son front, ses joues rebondies et ses lèvres pulpeuses. Sybelle est incapable de prononcer la moindre syllabe et reste de marbre en buvant des paroles dont elle se moque royalement. Elle recule de deux pas et lui claque la porte au nez.

— Salaud !

Elle aurait pu imaginer une belle rencontre ou d'improbables retrouvailles qui vous prennent aux tripes et ne vous lâchent plus. D'un claquement de doigts, oublier père et mère, mari et enfants, pour vivre une fulgurante histoire d'amour avec un inconnu de passage. Une passion dévorante, inexcusable.

L'homme continue à déverser un répertoire de mots d'amour dont elle n'avait jamais eu vent auparavant. Excédée, elle sort et le gifle violemment avant de rentrer à son domicile, sans un mot.

— Sybelle, ma petite reine, je suis désolé. S'il te plaît, ouvre juste deux minutes pour que l'on puisse rattraper le temps perdu. Tu me diras que j'ai déconné avec toi. Je le sais mais on peut se comprendre car il s'agit d'un simple malentendu entre nous. Rien n'est perdu, tu le sais bien. Ma belle, ma douce, ma tendre...

Cette femme est de retour dans sa chambre parentale, loin du tumulte. Allongée dans une baignoire sabot sur pieds sculptés, des décibels dans les oreilles, elle reprend un refrain entraînant d'une voix puissante. Personne ne viendra l'interrompre dans son cocon. Elle ne va surtout pas stresser pour une broutille. Cette visite n'a pas lieu d'être et n'a jamais existé. Point final.

La chienne a repris du service et aboie comme jamais. Elle ne connaît pas cet homme, cette odeur poivrée, mais celle-ci ne lui semble pas être de sainteté. Le visiteur s'éloigne à contrecœur. Il se promet de revenir tous les jours suivants jusqu'à ce qu'elle accepte un minimum de conversation. Il est décidé à faire entendre sa voix légitime, celle de son amour pour elle qui compte tellement pour lui. Il n'en dort plus de la nuit, il faut qu'elle le sache et l'admette.

En fin de matinée, durant une promenade, elle surveille ses chiens qui gambadent dans un terrain vague et pense une seconde à garder le chiot mais s'y résigne. Son budget est déjà serré. Tant pis pour les enfants. Sybelle relève son écharpe à hauteur du nez pour étouffer un éternuement. Ses cheveux sont encore humides. Elle ne raccourcira pas son parcours santé et infusera quelques branches de thym, une rondelle de citron et du miel de sapin, dès son arrivée.

Daniel

Une voiture de collection circule à pas feutrés dans un petit village reculé. Son conducteur prend le temps nécessaire pour ne pas la brusquer. Sa paume caresse ce joyau du temps passé. Il veut se faire discret et pose son index droit sur ses lèvres pour réclamer le silence à la jeune femme qui l'accompagne. Fier comme un coq, il écoute le rouage de son trésor. Il pourrait acquérir un véhicule moderne mais n'a aucune confiance en ces circuits électroniques sans âme. Il reste attaché à ses premiers amours et personne ne réussira à le faire changer d'avis. Cet homme vibre au son du doux ronronnement du moteur, jubile de satisfaction et bombe son torse pour asseoir son autorité. C'est lui le chef entre ces quatre portières à la peinture métallisée. Il se gare à distance des habitations, éteint le moteur puis offre sa voix sensuelle à sa passagère.

— Notre amour est impossible, tu le sais bien. Il vaut mieux se quitter avant de nous faire mal car plus on attendra, plus ce sera difficile. On a eu beaucoup de chance de se rencontrer tous les deux, de se donner l'un à l'autre durant ces mois magiques. Notre histoire est gravée à vie dans ma mémoire de vieux galant et je te remercierai jamais assez de toutes les heures que tu m'as permis de vivre à tes côtés. Avant, je n'étais qu'un mort vivant et me levais le matin pour aller au turbin sans savoir vraiment ni pour qui, ni quelle direction prendre. À droite, il y avait ma bonne femme que je ne peux plus encadrer en peinture, à se demander comment elle a réussi à me passer la bague au doigt ? Je devais être complètement torché ce jour-là. Je ne vois pas une autre explication à moins que mes yeux n'étaient pas d'équerre. C'est possible. À gauche, j'avais mes gosses qui vont bientôt me réclamer des comptes sur la raison des engueulades avec leur mère qui est cinglée, pour ne pas dire hystérique dès sa sortie du pieu. Qu'est-ce que je vais devoir leur répondre, d'après toi ? Que leur papa chéri couche avec une fille à peine plus âgée qu'eux, raison pour laquelle leur mère a mal dans les entournures ? C'est ça que tu veux que je leur dise ? C'est pas sérieux, il faut que je me reprenne et vite. Je ne veux pas que mes gars en grandissant me traitent de fumier et me tournent le dos. Je ne le supporterais pas. Je suis quelqu'un de bien, tu m'entends ? Tu m'as aidé à retrouver l'estime de moi-même et savourer le goût d'aimer que je croyais définitivement perdu.

— Dany, arrête tes bêtises !

— Laisse-moi terminer. Je n'ai pas le droit de te garder pour moi, ce serait égoïste et abject. L'heure n'est pas facile mais je dois absolument te laisser partir. C'est une question de dignité. Tu dois vivre ta vie de jeune fille, comme les autres, et ne dois pas rater les différentes étapes de demoiselle. C'est important. Je sais que cette situation va être difficile pour toi aussi mais il est primordial, pour ne pas dire vital, que tu puisses vivre les merveilleux épisodes de ta jeunesse et toutes les amourettes qui vont avec. Tu dois accepter de t'ouvrir aux garçons de ton âge qui sauront te parler, te divertir, te faire danser et plus, si affinités. Voilà la vraie vie.

— On s'aime à en crever ! Dès que tu me quittes, j'ai hâte de te retrouver. Je me lève chaque matin et me couche chaque soir en pensant à toi. Pourquoi ne pourrions-nous pas vivre heureux ?

— Mon petit fruit défendu, tu n'es pas encore majeure, ta vie est devant toi alors que la mienne est derrière. À ce jour, tu n'as pas pris cas de mon âge et de ma sénilité avancée mais dans dix ans, tu deviendras mon infirmière à domicile qui devra supporter mes sauts d'humeur car je suis pas facile à vivre, crois-moi. Tu as mieux à faire qu'à te tracasser d'un futur grabataire.

— Je m'en fiche. Tu es le seul à pouvoir me comprendre et l'unique homme qui puisse me faire sentir femme et fière de l'être. Mes 18 ans arrivent. Je vais me barrer de la baraque de ma daronne qui me casse les pieds. J'en ai marre d'être prise pour une gamine qui ne peut rien faire sans son accord. Elle se croit plus forte que les autres alors qu'elle n'a jamais réussi à tenir un homme à ses pieds. Je t'aime. On peut vivre heureux, loin des problèmes. Tu n'as qu'à quitter ta femme et on aura la belle vie ! Il faut juste le vouloir et si t'es trop occupé, je peux le vouloir pour deux.

— Écoute Adèle, ne rends pas la situation plus compliquée, je ne veux plus te voir. C'est fini, la boutique est fermée, remballez les outils, il n'y a plus rien à voir !

— C'est pas vrai, regarde-moi dans les yeux et dis-moi que tu ne m'aimes plus, si t'es cap !

L'homme avale de travers sa salive en excès. Il tousse et doit desserrer sa cravate pour reprendre un semblant de respiration. La fin de sa vie est proche, le sang ne circule plus dans ses veines. Son regard se perd dans le néant, à la recherche de l'issue de secours. Il n'a plus envie de mentir à sa femme, de se mentir. Il veut retrouver une vie normale, rentrer à son domicile à deux heures de route où il est connu du voisinage et reconnu fiscalement. Il veut redevenir un mari fidèle, un père attentionné et un citoyen lambda.

— Bingo, je le savais ! Je t'adore Dany mais arrête de jouer au vieux jeton. Tu vaux plus que cela, je t'assure.

— Mouais.

Adèle s'agrippe à son cou et l'embrasse fortement jusqu'à la formation d'un suçon, un souvenir indélébile de leur énième sortie clandestine. Elle espère que cette fois son épouse le remarquera et le contraindra à divorcer, malgré les enfants à finir d'élever et les traites de la maison à honorer. Daniel se débat. L'affection qu'elle lui réserve le mine au plus haut point. Il la hait. S'il le pouvait, il la giflerait pour lui faire comprendre qu'il est à cran. Leur idylle est entrée en gare... Terminus, tout le monde descend... Le courage lui manque, son comportement est détestable. La jeune femme lui vole un dernier baiser. Il la laisse s'éloigner.

Daniel attrape son tabac à rouler tombé à ses pieds. Il s'en veut de s'être dégonflé. Pourtant, il a répété cette scène des milliers de fois devant sa glace en se rasant. De fait, il s'est laissé prendre comme un bleu car il n'a jamais eu l'occasion de rompre. Son premier flirt remonte avant son départ à l'armée. Au moment de la quille, il n'a pas cherché à la revoir ou n'a pas osé la déranger. Timidité ou erreur de jugement ? Il se souvient qu'un an plus tard, il avait la bague au doigt et sa mariée préparait la layette du premier, début d'un mariage routinier à en mourir. Si seulement il avait su profiter, il ne serait pas en mauvaise posture.

Derrière son volant en bois d'acajou, Daniel réfléchit. Sa femme lui reproche sans arrêt son manque d'autorité vis-à-vis de leurs fils. Il ricane en humectant sa feuille à rouler. Il n'est pas tiré d'affaire, ni d'un côté ni de l'autre. Plus il se dit que sa double vie ne peut plus durer, plus il fume. Plus il fume pour s'en persuader, plus il boit pour éviter les questions ciblées de son épouse. Plus il boit, plus il est ivre. Problème. Plus il est ivre mort, plus il s'endort lâchement en laissant le devoir conjugal aux oubliettes et sa moitié pleurer en mordant à pleines dents l'oreiller. Elle n'est pas dupe. Sa femme connaît l'état d'infidélité qu'il lui inflige et en devient insomniaque. En pleine nuit, elle se lève pour jeter un œil à la photographie glissée dans une poche. Comment une telle situation a t-elle pu s'installer et perdurer ? Pourquoi n'a t-il pas eu le cran de lui avouer ? Elle aurait pu l'aider, quitte à ajouter du piment à l'assaisonnement, mais elle n'ose aborder la question. L'origine du litige vient de lui, pas d'elle. Résultat. Tout est prétexte à querelle, la frustration engendrant de la colère, la colère de l'amertume, l'amertume de la frustration. Daniel use et abuse des " ta gueule " au lieu des " je t'aime " qui pourraient l'apaiser. Madame n'a pas le décodeur. Dommage. En recrachant les volutes de fumée, Daniel finit par relativiser. Il n'est plus à quelques jours près. Aujourd'hui, demain ou après-demain, peu importe. Cette amourette n'est que du bonus pour lui et il ne va pas cracher dans la soupe.

— Bonjour monsieur, vous cherchez votre route ?

— Oui, en quelque sorte...

— Sacré caractère la petite Adèle, n'est-ce pas ?

— De qui vous me parlez ?

— Inutile de jouer à l'innocent, je vous vois déposer Adèle le soir avant l'heure du souper. Vous n'avez pas honte de pervertir une gamine qui pourrait être votre fille ?

— Ah oui, vous me causez de mon Adèle bien sûr. C'est ma nièce et je suis donc son oncle.

— C'est cela même mon cher ami et moi je suis le juge qui va vous foutre en taule si vous l'approchez encore une fois !

— Vous vous méprenez mon brave monsieur.

— Tu n'as pas l'air de comprendre, vieux con ! Je connais la famille depuis belle lurette et il n'est pas coutume de se rouler une pelle, comme tu lui fais. La pilule aurait beaucoup de mal à passer donc décampe d'ici et que je ne t'y revois plus !

— Vous n'y êtes pas, mais pas du tout monsieur.

— Casse-toi mauvaise graine et, pour info, j'ai relevé ton matricule pour avertir la maréchaussée, au cas où !

— Si ça peut vous faire plaisir !

— Les tarés comme toi ne sont pas tous enfermés, va donc rejoindre ta légitime ! Elle est en train de se faire la malle avec tes deux gosses sous le bras. Je l'ai au préalable prévenue, cela aurait été dommage de louper le coche.

Daniel sort de ses gonds et descend pour en découdre avec ce vieillard indélicat qui pourrait être son père. Les coups fusent de droite à gauche, dans un désordre remarquable. Les deux hommes, qui ne sont pas à l'ordinaire violents, ont du mal à coordonner leurs gestes, à trouver leur vitesse de croisière.

— Vous voulez que je vous aide ?

— Bonsoir Sybelle. Ce n'est rien. Comment te dire... C'est un pote de régiment à moi que je suis content tout plein de revoir. Vingt ans l'un sans l'autre, lui sans moi et moi sans lui, tu te rends compte ? On s'amuse comme des petits fous, hein salopiot ?

— Oui fils de garce, c'est cela même ! Bonsoir madame et désolé du dérangement.

— Si vous le dites... Bonne soirée et à la prochaine Gaspard.

— Merci, toi aussi et embrasse tes gamins de ma part.

Sybelle siffle sa chienne border collie et disparaît dans la nuit, laissant derrière elle les effluves de son parfum délicat et captivant à la fois. Elle n'est pas plus ou moins distinguée qu'une autre. Elle a su garder la simplicité et la sensualité des filles, élevées à la campagne par de petites gens qui ont eu la discrétion de ne pas changer une once de leur personnalité originelle au fil des décennies. Cette femme se présente ainsi au naturel telle qu'elle était enfant. Pas plus, pas moins. Entière tout humblement.

— Waouh le morceau, lâche Daniel.

— À qui le dis-tu ? Sybelle est une femme magnifique, saine de corps et d'esprit, à la tête d'une petite famille adorable. Ses trois enfants sont tous bien gentils et heureux de vivre à la cambrousse. Alors si j'ai un conseil à te donner, tire un trait définitif sur Adèle vite fait bien fait. C'est mieux pour tout le monde.

— Ok camarade, j'ai bien compris le message.

— Eh ducon, tu ne vas pas te barrer comme ça, viens donc dans ma cave, j'ai une petite fillette à te présenter !

— Une chopine ?

— Bah oui, quelle question, y'a pas une crèche municipale dans mon sous-sol ! Viens par là qu'on en baise quelques unes. Ce n'est pas fréquent d'avoir de la visite par ici et toi qui débarques avec ton auto de l'après-guerre. Pour être discret, il y a mieux, tu ne crois pas ?

Gaspard se déleste d'une cascade de rires gras et fait sursauter Daniel qui n'a pas l'habitude de tant de spontanéité. Pessimiste et gêné, il suit tout de même cet homme qu'il n'aurait jamais eu l'occasion de rencontrer en l'absence de cet adultère.

— Ma discrétion n'est pas criante pour tes yeux de fouine mais au moins ma femme ne m'emmerde pas si je lui raconte que j'ai été bloqué trois heures durant à la réparer à mi-parcours.

— C'est beau d'y croire !

— De quoi ?

— Tu penses que ta mariée est complément demeurée et ne sait pas ce que tu traficotes de tes soirées d'hiver ?

— Oh tu sais, ma moitié n'est pas très fute-fute, elle est loin d'avoir inventé l'eau chaude.

— Que tu crois ! Regarde-moi. J'ai été marié et divorcé quatre fois. Je ne fais pas les choses à moitié. Subir le train-train quotidien du couple et demander la permission à madame pour aller boire un coup au café du coin avec un copain de passage, non merci, très peu pour moi. J'ai toujours fait qu'à ma guise et ai sans cesse suivi mes intuitions. J'en ai eu des pulsions amoureuses qui m'ont apporté autant de joie que de contrariété mais bon, là est le revers de la médaille. Tout ça pour te dire que les sacrées bonnes femmes, je commence à les connaître depuis le temps, à force de les côtoyer. C'est la raison pour laquelle je me présente devant toi comme un vieux con, célibataire et fier de l'être. Tu me diras que je suis divorcé. Eh bien non monsieur. Moi, je suis en situation de célibat totalement assumé ! Qui sait, un jour ou l'autre, une belle viendra peut-être s'égarer dans le coin comme toi ? C'est permis de rêver, non ? Pour l'instant, je roule ma bosse et m'amuse à jouer au gendarme. Dès que je vois quelque chose de pas très catholique devant ma fenêtre, j'accours. Ceci dit, je ne suis pas tout à fait heureux mais pas malheureux non plus. Je suis, comment te dire ? Un imbécile qui n'a plus que ses deux yeux pour pleurer. Voilà la bonne définition.

— Tu regrettes de t'être marié autant de fois ?

— Absolument pas. J'ai vécu quatre belles histoires d'amour fou, hypnotisant, délirant, extraterrestre jusqu'à ce que j'aille voir ailleurs si l'herbe y était plus verte, plus fraîche. Enfin, tu vois ce que j'veux dire. J'ai été con et je m'en suis aperçu trop tard. Toutes les femmes sont belles et désirables tant que tu ne les as pas dans ton lit à ta disposition à l'année. C'est affligeant mais c'est la stricte vérité. Parbleu, je ne suis pas là pour te miner le moral, je vais de ce pas te raconter la meilleure. L'autre nuit, je me suis réveillé en sursaut, je gueulais comme un goret qu'on s'apprête à égorger. J'étais dégoulinant de sueur, pire qu'un jour d'orage.

— Ah bon, que s'est-il passé ?

— Attends donc, ne sois pas si pressé, j'y viens... Je bois un coup de rouge car ma gorge commence à être trop sèche et à mon âge ce n'est pas bon, pas bon du tout... Je reprends. J'essayais de me caler bien droit contre mon oreiller pour reprendre mon souffle et vlan le pied sur une savonnette humide. Me v'là tombé sur mon popotin. Sapristi, ni une ni deux, j'ouvre immédiatement mes yeux en grand pour me remettre de ma chute. Parfait, ce n'était qu'un petit roupillon. Rien de grave. Je tentais de me remettre d'aplomb dans mon lit tranquille et vlan je rencontre une peau de banane sur mon chemin. Encore une fois, mon derrière par terre. Obligé de me réveiller encore un coup. Oh quel chantier dans ce sacré plumard ! Après, plus moyen de dormir, je me redresse et vlan v'là t-y pas que me v'là pris au piège d'un bobsleigh en déroute, pour la grande finale des jeux olympiques d'hiver. Tu réalises ? J'étais ravi car pour moi qui n'ai jamais fait de sport de ma vie, j'étais promu en haut de l'affiche, mon nom brillait de partout. Avec de l'or massif qu'il l'avait gravé, c'était le plus beau jour de ma vie. Médaillé et tout et tout devant les plateaux télé de mon dentier. Oh pardon, du monde entier, ma langue a soif.

— Super, je trinque à ta victoire champion !

— Certainement pas. T'es au courant comme moi qu'on est en équipage là-dedans, non ?

— Oui bien sûr.

— De là vient l'ennui ! J'étais devant à manœuvrer le bazar comme ça tu vois. Le nez en avant, les sourcils baissés pour mieux fendre l'air et mes bras tendus au maximum. Prends-en de la graine de la bonne posture ! On sait jamais si on t'attrape dans ce truc-là, tu seras pas dépaysé. Mec, tu dois tendre les bras et ne pas lâcher, sous aucun prétexte, pour pas partir dans le décor. Il manquerait plus d'être la risée de tout le canton. Le déshonneur public. Ceux qui ont sauté à l'arrière, j'ai pas eu le temps de leur demander leur identité et encore moins leur pedigree, penses-tu. Le bastringue filait déjà à toute berzingue et moi je voulais gagner. Je te rappelle que c'était ma première prestation sportive, j'y mettais tout mon cœur, toutes mes tripes aussi. Le machin allait tellement vite que j'ai pas eu le temps d'être malade. Pourtant, ça virait à droite, à gauche, devant, derrière. Pire qu'un manège de la Foire du Trône, même si j'y ai jamais mis les pieds. Chapeau à mon estomac, il est resté accroché alors que c'était sportif, j'y étais moi ! Revenons à c'te course contre la montre. Au dernier virage, tout le monde criait et applaudissait là-dedans. On hurlait mon nom alors, hardi comme un faisan, je me tourne voir la tronche de mes coéquipiers. Erreur fatale, j'ai voulu me flinguer direct.

— Cela aurait été dommage.

— Dommage, que tu me dis, mais tu ne sais pas qui j'avais à l'arrière ? Eh bien, je vais te le dire. Mes quatre ex belles-doches, il n'en manquait pas une. Depuis le temps, je croyais qu'elles étaient crevées ces teignes. Même pas. Elles montraient leur trombine à la télé car je venais de me marier avec les quatre en cinquième noce. Tu imagines le choc pour ma pomme d'être le premier polygame en France ? C'était officiel, eu égard à mon âge avancé. Bref, tu comprends mieux mon désarroi. J'ai été contraint de finir ma nuit le cul vissé sur la cuvette de mes waters. Heureusement que je dors seul sinon ma moitié m'aurait interné chez les cinglés.

Daniel lâche prise à son tour et commence à trouver la soirée sympathique. Il rit à gorge déployée, à s'en tordre les boyaux. Une première pour lui depuis bien des années. Son mariage a eu raison de ses amis d'enfance, perdus de vue. Chacun a suivi son chemin. Certaines rencontres valent le déplacement. Ce soir, il est ravi de s'être égaré dans ce lieu. Il se déride et prend la vie du bon côté. Ses problèmes conjugaux sont loin. Il les positionne à des milliers de kilomètres, manière d'accueillir cet instant de réconfort, hors du temps avec cet inconnu volubile.

— Tu voudrais sans doute quatre femmes à l'année, une pour chaque saison, un crédit à la consommation renouvelable par tacite reconduction ?

— Parfaitement mon gars ! Allez santé à toi. Reprends-en une, c'est toujours ça de gagné.

Gaspard pose son verre sur un touret en bois récupéré sur un chantier et fouille dans un meuble bas à la porte défoncée. Il en sort un couteau de boucher, lève les bras au ciel et l'actionne en sifflant avec ardeur. La luminosité laisse à désirer, Daniel ne comprend pas la raison de cet exercice. Dans un coin, un bazar semble agglutiné, composé de bouteilles, de cartons, de livres ou anciens annuaires, de tissus, de tonneaux contenant certainement des pommes de terre ou des carottes nageant dans du sable et un nombre impressionnant de bidons d'essence et d'huile alors que le nonagénaire n'est plus apte à circuler en cyclomoteur depuis bien des années.

— Quel foutoir, une vache n'y retrouverait pas son veau !

— Qu'est-ce que tu marmonnes dans ta barbe ?

— Rien du tout. Je pense qu'il va falloir rebrousser chemin.

— T'as le temps, fais-la poireauter ta mariée, au point où tu en es ! Une heure de plus ou de moins, cela ne se verra plus. Si elle est encore là, après tes galipettes, c'est qu'elle tient à toi. Mec, t'es tombé sur la perle rare dont tous les hommes rêvent. Avale-moi ça et remercie le ciel d'être tombé entre mes pattes !

Daniel reçoit une tranche de lard. En se levant, sa tête cogne contre un jambon pendu à une poutre.

— Ne t'inquiète donc pas, le vieux il a connu la guerre. J'ai de quoi manger pour un régiment au-dessus de ton casque. Si t'en veux une autre, ne fais pas de façon, tu le dis et je t'en donne.

Gaspard voit son invité faire grise mine. Celui-ci paraît soucieux en coupant de ses dents jaunies par le tabac la viande.

— Cesse de ruminer, tes soucis vont s'arranger ! Ce soir, tu te prends une cuite et tu repartiras au petit matin, frais comme un gardon, heureux d'avoir enterré ta vie de patachon. Demain, tu vas me faire le plaisir de te présenter devant ta mariée avec un bouquet de roses rouges et tu la redemanderas en mariage. Tu vas voir, elle va te sauter au cou et tu vas vivre des nuits du tonnerre de Dieu ! Tu te fais beau, te parfumes et te mets propre sur toi en sortant tes habits du dimanche. Après, tu l'emmènes au resto et lui achètes des petits cadeaux. Tu lui fais la cour comme si tu la connaissais pas et, le plus important, il faut écouter ce qu'elle te raconte. Même si ce n'est pas intéressant, tu l'écoutes quand même ou tout du moins, tu fais semblant. Faut pas pousser pépé dans les orties non plus. Tu dis oui, oui, oui et encore oui le temps qu'elle dépote ce qu'elle a à radoter. Tu sais, elle ne prendra pas cas de ce que tu lanceras entre deux sourires. Après mec, attention à toi, avant qu'elle balance une autre tartine, tu l'embrasses pour lui boucler le bec car tu en auras ras la casquette ! Elles sont chiantes les femmes.

Gaspard n'est plus qu'une brindille balancée sous le flot de ses ricanements. Il n'avait jamais raconté ses aventures amoureuses à quiconque, à l'exception de son avocat attitré. Le fait de se livrer à un étranger, qu'il ne reverra sans doute plus, lui enlève un poids. Il n'a jamais poussé la porte d'un psychologue. Cela ne se fait pas pour des hommes de sa génération de parler à un professionnel du mal être. Il faudrait au préalable qu'il prenne acte d'un quelconque désordre, d'un problème insoluble, ce qui est de fait un sujet tabou.

— Ma dernière épouse m'a fait une surprise en débarquant devant chez moi un beau matin. Derrière un haut-parleur, elle m'a traité de tous les noms d'oiseaux. Tu l'aurais entendue débiter ses âneries. Elle délirait complètement. Je n'ai même pas osé montrer mon bout du nez, c'est dire. Pourtant je l'aime bien mon tarin. Il vaut le détour, je te prie de me croire. Elle me balançait des vieux dossiers dont je suis presque certain qu'ils ne m'appartenaient pas. Mais bon, les femmes sont ainsi, elles gardent en mémoire tous tes faux pas et tes oublis. Elles amassent tout sans rien dire et lorsque la coupe est pleine, elles te les balancent à la gueule, pire qu'un tsunami ! Attends, t'es bien assis ? Je te livre la pépite du trésor. Le lendemain, mon voisin de palier a même toqué à ma porte pour m'offrir une encyclopédie animalière. Il m'a dit que mon ex l'avait ému à en chialer. Pauvre type.

— Quel imbécile !

— Je t'assure, c'est vrai. Si tu me laisses deux minutes, je peux te la retrouver. Je l'ai rangée par-ci ou par-là, je sais plus trop. Eh ducon, je te parle de l'encyclopédie, pas de ma bonne femme !

Les rires fusent de tous les coins et repartent de plus belle dans l'autre direction. Les cascades de bonne humeur retentissent et s'amplifient comme si les lieux étaient une cathédrale. Gaspard entend profiter, ce n'est pas tous les jours qu'il a de la compagnie.

— Tu es un sacré larron en foire, toi.

— Il paraît. En vieillissant les symptômes s'aggravent alors je suis pas qu'un petit peu dans la merde. Allez trinquons à notre santé de pauvres bougres. Sans les femmes, nous sommes peu de chose mais chut l'ami, il ne faut pas leur dire !

— Moi je suis une tombe. Santé à toi.

— Ton copain de régiment s'appelle Gaspard.

— Enchanté, moi c'est Daniel.

— Précision inutile, Adèle me l'a dit. Dis donc, tu dois avoir les moyens pour remplir une baignoire entière de champagne pour que mademoiselle fasse trempette ?

— Comment tu sais ça ?

— Adèle n'est pas une tombe. C'est une femme en devenir avec tout c'que ça comporte en jacasserie et pour jacasser, la petite louloute n'est pas la dernière.

— Oh merde alors !

Son visage se décompose autant de stupeur que de douleur. Jusqu'à quel point ce vieux est-il avisé de leurs sorties ? Il est cuit. Cette histoire a un goût amer dans sa bouche. Il se sent sali, limite bafoué. Pourquoi a t-elle mis leur histoire entre d'autres mains ? Ce patriarche peut avoir les dents longues, Daniel n'a plus envie de rire. Il semble le connaître bien plus que nécessaire. Cette gamine a tout gâché. Il n'a plus sa place à ses côtés. Tant pis.

— Ne cherche plus à la revoir ! Il vaut mieux qu'elle souffre d'un amour de jeunesse perdu plutôt qu'elle accepte l'alliance du premier connard fini qui la rendra malheureuse toute sa vie durant.

— Effectivement.

— Adèle se relèvera et tombera amoureuse d'un gars bien. Avec son caractère trempé, elle saura le mener à la baguette.

— Je vais pas rester moisir ici. Merci pour tout.

— Pas de quoi. Je te dis pas à bientôt mais je suis ravi quand même d'avoir mis un visage sur un prénom tel que le tien. Même si je ne cautionne pas vos rendez-vous galants, j'avoue qu'Adèle a eu de la chance. Elle aurait pu croiser la route d'un tueur en série et je n'aurais pas eu vent de votre romance à l'ancienne. Tu l'as jamais droguée, elle a toujours été consentante et je tiens à t'en remercier.

— T'es sérieux ?

— Jamais. Tiens, je vais t'apprendre une chanson mignonne de mon répertoire, une que tu ne connais pas car t'étais pas né.

" Elle avait des tout petits petons,
Valentine, Valentine,
Elle avait des tout petits tétons,
Que je tâtais à tâtons, Ton ton tontaine [1]*."*

— Bah si, mon grand-oncle du côté de mon père la chantait quand il avait le vague à l'âme.

— Pas possible, t'es moins con que dans le catalogue, ça s'arrose ! Avance ton verre, mon gars.

— Bon, puisque j'ai compris que tu es le confident d'Adèle, peux-tu lui remettre cette lettre de ma part ?

— C'est une invitation ?

— Non, une lettre de rupture. Ma femme est enceinte et je viens d'accepter une mutation à l'autre bout de la France. Je me barre samedi prochain. Ma famille me suivra plus tard, le temps de m'installer et de préparer la rentrée scolaire là-bas.

— C'est une sage décision. Tu peux partir tranquille.

Daniel lui serre la main, traverse prestement le chemin de peur de voir surgir Adèle et saute dans sa voiture de collection. Il démarre doucement et part vers sa nouvelle destinée. En huit jours de temps, il a changé de vie. Le déclic a été validé lorsque son fils aîné lui a présenté sa petite copine. Daniel a vu le décalage. Dans la foulée, son épouse lui a annoncé une grossesse imprévue. Il n'est pas né de la dernière pluie et sait qu'elle lui ment. Il fait semblant d'y croire. Lorsqu'elle lui annoncera la fausse couche, il pourra sortir le grand jeu pour la reconquérir. À cet effet, il rêve d'un long séjour à Tahiti, leur voyage de noces constamment reporté.

Entre ses murs, Gaspard ouvre l'enveloppe et découvre la photographie d'Adèle où Daniel a écrit quelques mots au dos.

Adieu mon petit fruit défendu,
Je quitte la région pour vivre mes rêves.
Vis les tiens à fond surtout.
Avec mes meilleurs souvenirs.

Ton Dany qui t'embrasse bien fort.

Le vieil homme range l'ensemble sans oublier d'y glisser un billet. Elle mérite bien un dédommagement. Un blaireau empaillé le fixe de son regard vitreux. Gaspard lève son verre à sa santé et vide une bouteille avant de tomber. L'alcool a raison de sa tête pleine, de ses membres usés. Il délire, soulage sa vessie entre deux tonneaux et rampe jusqu'à une paillasse où il s'endort.

Par un espace sous la porte, un chat se faufile à l'intérieur. Il secoue son squelette aux fins de remettre chaque particule en place. L'animal fait le tour du propriétaire, avale quelques morceaux de lard puis lèche la lame du couteau. Repu, il se colle à la poitrine de l'homme qui ronfle, les pieds en l'air. Lui, ronronne.

Le médecin

Devant un cabinet médical, Sybelle se gare, sort en claquant la portière de sa vieille voiture qui ne peut plus se fermer. Un détail parmi tant d'autres... Le rétroviseur intérieur danse la samba dans les virages pendant que les freins couinent de désinvolture. Quant au klaxon, il frémit par intermittence sans raison et fait sursauter la chienne à l'arrière qui gueule de peur. Est-il important de souligner que l'autoradio travaille en sourdine pour ne pas déstabiliser cette femme qui n'ose s'aventurer dans des zones trop éloignées de son domicile ? Une chose est certaine, Sybelle ne prend que rarement son automobile, à quelques exceptions près.

Ce matin, Garance a raté le bus scolaire pour une histoire de sac de piscine oublié dans sa chambre. De l'allée du jardin, elle l'a vu passer. Les yeux mouillés, elle a prévenu sa mère qui vient juste de l'accompagner, avant de gagner une bise devant le portail.

— Bonjour madame Garcia, comment allez-vous ?

— Parfaitement bien, merci.

— Vous venez prendre un rendez-vous pour Adèle ? Elle est devenue une bien belle jeune femme.

— Non pas du tout. Pourquoi vous me dites cela ?

— Nous vaccinons les demoiselles contre le papillomavirus et la séance de rattrapage est possible jusqu'à leur 19 ans.

— On n'a besoin de rien, j'ai bien élevé ma fille ! Elle ne pense qu'à ses études et n'est pas préoccupée par les garçons.

— Cette injection est préconisée avant les premiers émois. Garance peut également en bénéficier dès sa onzième année. Plus on l'administre tôt, plus le vaccin est efficace.

— Vous ne toucherez ni à l'une, ni à l'autre. C'est clair ?

— Vous restez libre de votre consentement éclairé.

— Encore heureux, mais pour qui se prend t-elle cette pouffe avec ses idées de derrière les fagots, pense Sybelle en s'éloignant.

— Madame Garcia, mon agenda est ouvert. Vous souhaitez sans doute un rendez-vous pour vous ? De suite, si vous le désirez, j'ai justement un désistement de dernière minute.

— Le toubib va pouvoir m'attendre longtemps, pour une fois que j'étais décidée à me faire examiner...

— Madame Garcia, je suis désolée si je vous ai importunée. On commence notre campagne de vaccination et je voulais vous en informer. Rien de plus. La salle d'attente est ouverte. Je préviens le médecin de votre arrivée sans plus tarder.

Sybelle ne répond pas et choisit une chaise au dossier trop dur. La seconde n'est pas mieux. Elle avance son dos, examine les titres des revues et pince du bec. Les manuels regorgent de conseils à destination des jeunes parents tandis que les magazines dévoilent des potins sans intérêt sur la vie présumée des stars.

Le docteur appelle sa patiente. Elle se lève et lui serre la main en échange de quelques paroles d'usage. Cette femme se demande bien pourquoi elle le suit dans ce couloir. Si Garance n'avait pas loupé son car, elle serait à préparer une poule au pot à l'heure qu'il est. La discussion avec la secrétaire reste coincée au travers de sa gorge. Elle pense qu'il serait bon d'en parler à son employeur, lui indiquer que cette dernière devrait rester plus neutre dans son rôle mais finalement ne dit mot. Les deux sont certainement de mèche pour pousser à la consommation.

En petite tenue, Sybelle se laisse ausculter et opine du chef de bas en haut, de gauche à droite, suivant les directives. Le corps médical n'est pas sa tasse de thé. Moins elle le voit, mieux elle se porte. Le docteur la questionne sur la présence d'une grosseur dans sa poitrine. Une simple éventualité. Elle ne s'est jamais posé une telle question et croise les bras pour y réfléchir. Réponse négative. Peut-il le vérifier ? Son regard est tellement noir qu'il recule. Dans ce cas, pourquoi avoir pris la peine de se déplacer ? Elle s'excuse et entre en méditation, le temps nécessaire. Absence totale de corps étranger. D'un sourire, elle lui précise qu'il aurait dû l'écouter. Il réplique qu'un cancer du sein n'est pas à prendre à la légère, qu'il convient de le détecter au plus vite. Elle change de sujet.

Poursuite de l'examen. Il la sermonne car elle aurait dû venir plus tôt. Sept ans sans frottis de dépistage, c'est inadmissible. Elle baisse les yeux et admire le carrelage. Face aux cheveux gris du professionnel de santé, elle n'ose le contredire mais n'en pense pas moins. Cette soumission ne lui est plus commune, depuis le temps qu'elle élève ses enfants seule. Sensation d'un retour en enfance. À cet instant, elle espère ne pas être la copie conforme de ses parents, soit un père trop sévère, soit une mère trop laxiste. Sybelle endosse les deux rôles et doit jongler pour trouver le juste milieu.

— Votre tension est bonne même si elle est un peu faible. Aucune incidence pour une femme telle que vous car il me semble savoir que vous avez une bonne hygiène de vie. Continuez ainsi et, si je ne vous contacte pas sous quinzaine, les résultats seront bons. Je ne me fais pas de souci pour vous madame Garcia, je vous libère et n'oubliez pas votre prochain dépistage du cancer du col utérin dans trois ans. C'est important.

— Merci, bonne continuation, votre métier n'est pas facile.

Le médecin porte son poing fermé à ses lèvres pour racler sa gorge. Il est un peu gêné. Ce n'est pas fréquent qu'une patiente lui souhaite une bonne journée. Il en est ému et esquisse un sourire. Il jette un œil à une fenêtre, surprend une mésange bleue qui picore une boule de graisse déposée par une voisine et se dit qu'il a bien fait de s'installer à la campagne et qu'il ne regrette rien.

Patrick

Devant son domicile, Sybelle peste, bouscule un homme qui l'attendait et monte les quelques marches. Il tente de la suivre mais est stoppé dès l'entrée par la chienne qui montre ses crocs. Patrick espère lui parler et se faire entendre. Elle n'en a cure et continue sa vie comme s'il n'existait pas... Plus il pleure, plus elle tourne les talons. Plus elle se refuse à lui, plus il rampe à ses pieds. Plus il se cramponne à ses chevilles, plus elle a envie de disparaître sous terre... Cette femme n'a aucune haine contre lui, aucune colère à extérioriser, aucune envie d'entamer le dialogue non plus. Elle veut juste la paix intérieure qu'elle trouve dans ses séances de yoga.

— Pour l'amour du ciel Sybelle, pardonne-moi par respect de notre vie de couple et de nos enfants ! On a vécu tellement de belles choses ensemble, des années inoubliables de bonheur.

— Tu es le père de mes enfants, première nouvelle.

— Ma princesse, je suis confus, je te jure.

— Arrête de m'appeler ma princesse et de jurer. La femme que tu as aimée, si un jour tu l'as aimée, n'existe plus ! Tu n'es qu'un étranger pour moi et tes soi-disant enfants. Te souviens-tu de leur prénom au moins ?

— Tu plaisantes, je n'ai jamais cessé de penser à eux et à toi aussi à mon réveil. Chaque matin, je pleurais toutes les larmes de mon corps car je n'avais qu'une vieille photo à regarder alors que je rêvais de vous prendre dans mes bras.

— Ce n'est pas la peine de sortir tes violons, Patrick ! Tu ne mérites même pas que je t'appelle par ton prénom. Un simple monsieur suffirait. Est-ce que tu saisis que tu n'as donné aucun signe de vie depuis le jour de la naissance de Garance ? Tu me diras que le temps passe trop vite. As-tu compté les heures, les jours, les semaines, les mois, toutes ces années que j'ai passées seule à les choyer tous les trois car je les aime moi mes enfants ? Et je ne te parle pas de toutes les nuits blanches où j'essayais tant bien que mal de calmer les peurs et les cauchemars d'Adèle et Timothée qui pensaient que j'allais les abandonner à mon tour.

— Moi aussi, je les aime et toi également. Tu le sais.

— Arrête ton char ! Sais-tu quel âge à Garance aujourd'hui ?

— Six ans.

— Non monsieur, cela fait neuf ans que tu as disparu de la circulation. On ne savait pas si tu étais mort ou vivant. Au début, à chaque Noël, j'espérais recevoir une petite carte pour eux mais rien n'est jamais arrivé. Même tes parents ne savaient pas où tu étais, à moins qu'ils m'ont menti.

— Je ne les avais pas avertis de mon départ en mission humanitaire en Afrique. Cela n'a pas été facile pour moi non plus, j'ai dû gérer l'absence. Ton absence.

— Tu ne vas pas te plaindre. C'est toi qui as fait le choix de disparaître. Tu as dû assumer tes erreurs. Rien de plus normal.

— Mais dis, en parlant de normalité, qui a arrêté la pilule sans me prévenir ? Tu as pensé à moi en prenant ton pied j'espère ? Ne renverse pas la situation. Je ne voulais pas perdre mon temps à courir les magasins sans arrêt pour acheter des couches, du lait et des biberons. Il me semble qu'on avait assez donné pour les deux premiers, non ? Tu n'as jamais songé à mes envies d'homme et de père. Si tu veux tout savoir, j'attendais que Timothée et Adèle grandissent assez pour qu'on puisse se retrouver comme un couple lambda. Oui madame, tu m'as empêché de t'emmener au cinéma, au théâtre et même un truc tout con, un dîner aux chandelles, j'en rêvais, tu as tout gâché ! Je ne réclamais pas la lune. J'espérais juste faire des sorties que font tous les gens équilibrés, sensés et respectueux des besoins de l'autre. Je ne suis pas un vaurien, un ivrogne ou encore un salaud. Je n'ai jamais eu d'autre femme dans mon lit depuis tout ce temps, tu m'entends ?

— Cela arrive de changer de bord, c'est pas la fin du monde.

— Dis, tu crois que j'ai fait tout ce chemin pour écouter tes conneries ? Tu me déçois Sybelle.

Patrick est abasourdi, les bras lui en tombent. Il veut bien tout supporter mais il y a des limites. Il s'aperçoit que la femme qui se trouve face à lui n'est plus tout à fait celle qu'il connaissait. Elle n'a plus le même regard, la même manière de se tenir, ni la même façon de voir et d'appréhender les choses. Elle est comment dire...

une femme responsable qui a dû assumer l'insurmontable sans lui. Il ne sait plus où est sa place. Doit-il s'éloigner et faire comme si ces derniers jours n'avaient jamais existé ou doit-il, au contraire, espérer un revirement de la situation ? Il n'y croit plus. Il est littéralement perdu. Les larmes montent à ses paupières mais, d'un mouvement autoritaire de la tête, il les stoppe. Il ne veut surtout pas lui faire ce plaisir-là. Il a sa fierté d'homme mûr.

Ses yeux bleus restent figés sur les sourcils de Sybelle. Il n'a jamais pu les oublier ceux-là et n'en a pas croisé d'identiques. Des sourcils d'un noir intense. Des sourcils magnifiquement dessinés. Des sourcils disciplinés avec grâce. Des sourcils particulièrement envoûtants. Des sourcils somptueux à la courbe parfaite qui se rejoignent pour ne former qu'un monosourcil à la Frida Kahlo. Dieu que cette femme est belle mais pourquoi a t-elle ce caractère volcanique ? Patrick est anéanti. Il a autant espéré que redouté ses retrouvailles car il savait qu'il allait devoir en baver.

— Tu veux rentrer prendre un café ? Je te préviens, je n'ai pas beaucoup de temps à te consacrer.

— Non, cela ira pour aujourd'hui.

— Comme tu veux.

— Je peux revenir demain à la même heure ?

— Il semble que tu n'as pas attendu ma permission depuis trois semaines que tu me harcèles, jour après jour.

— Tu exagères. Je t'ai laissée paisible tous les week-ends pour ne pas perturber ta vie de famille.

— Et tu voudrais que je t'en remercie ?

— Je n'en demande pas tant. Tu sais, je caresse juste l'espoir de pouvoir revoir Timothée, Adèle et, bien entendu, Garance, si tu me le permets, j'en serais ravi et très honoré.

— Je ne sais pas, c'est compliqué.

— Je comprends. J'ai prévu de t'aider financièrement.

— L'argent n'est pas la clé du bonheur. Durant ton absence, les enfants n'ont manqué de rien. Avec l'héritage de mes parents, j'ai pu m'offrir cette maison. Je ne roule pas sur l'or mais bon...

— Merde. Tes parents sont morts tous les deux ?

— Qu'est-ce que tu crois ? La terre a continué de tourner sans toi. J'ai traversé pas mal de galères mais je me suis relevée plus forte à chaque fois.

— Tu n'es plus la gamine que j'ai épousée.

— Tu peux le dire, perdre ses deux parents dans un accident, ça t'éclate en mille morceaux. J'ai bien tenté de recoller chaque pièce au bon endroit mais bon...

— Je suis désolé Sybelle, je dois y aller, il est déjà l'heure.

— Je t'en prie, va rejoindre ta moitié.

— Je vis seul mais pour être tout à fait honnête avec toi, j'ai une compagne depuis un an. Elle est attachante et s'appelle Cancer. Là, je dois filer à ma chimio. Je m'éclate, tu ne peux pas savoir.

Cette femme attrape la nouvelle, une claque à son équilibre. Elle aurait voulu lui poser quelques questions à ce sujet. Il est parti d'un claquement de doigts. Elle espère vivement qu'il reviendra demain, comme convenu. Elle va devoir changer quelque peu ses habitudes de vie mais a peur d'affronter la réaction de ses enfants, surtout Timothée et Adèle qui basculent de plus en plus dans le monde des adultes. La vie familiale n'est pas un paisible ruisseau.

Sybelle se dirige vers la bouilloire pour se préparer une tisane relaxante, qu'elle dégustera en feuilletant les albums photos de ses vingt ans. Période bénie. Elle était célibataire et préparait la logistique de son mariage sous les conseils de sa regrettée mère et sous le regard amusé de son irremplaçable père. Elle voudrait tant leur présence à ses côtés aujourd'hui, ne serait-ce qu'une petite heure de temps. Soixante minutes de bonheur et de réconfort.

Adèle

Perchée sur un escabeau, Adèle s'évertue à garder l'équilibre pour ne pas effrayer Gaspard qui lui murmure de ne pas tomber, comme si son seul souffle pouvait la faire chavirer. Elle installe un lourd rideau, opaque. L'ancien ne voudrait pas l'accompagner aux urgences. Il cramponne de toutes ses forces les barreaux en fer tant et si bien que le métal commence à mordre ses doigts à la peau affinée. Il ne faudrait pas que cela dure trop longtemps. Sinon, il risque une blessure qui serait bien difficile à maîtriser. Le médecin l'a prévenu qu'il devait faire attention.

Cette jeune fille le soulage de bien des obligations qu'il n'est plus à même d'assumer. Gaspard lui en est reconnaissant et prend part d'une certaine manière à son éducation. Il n'est nullement son grand-père mais elle le considère un peu comme tel.

— Voilà c'est bon, passe-moi le deuxième !

— Tiens, attrape mais fais attention à ne pas faire de gestes brusques, hein petite ?

— Papigris, fais-moi confiance, je n'ai pas peur. Déjà à la maison, c'est moi qui change les ampoules grillées car maman a le vertige et Timothée s'en branle carrément.

— Voyons Adèle, ne parle pas ainsi ! Timothée s'en moque complètement qu'il faut dire et tu le sais. Tu es une femme et tu dois te comporter en dame respectueuse. Pour trouver du boulot plus tard, il te faudra faire bonne figure.

— C'est du pareil au même, tu chipotes.

— Non Adèle !

— Pardon papigris.

— C'est bon pour cette fois mais fais germer la graine car je ne vais pas te faire la leçon à chacune de tes visites.

Ils sont admiratifs du résultat. Les nouveaux venus rendent la salle de vie plus accueillante. Le velours bordeaux procure une sensation de chaleur et emplit l'espace. Seul, Gaspard a obstrué les bouches d'aération de papier journal mais ne s'en vantera pas. Le soir venu, il sentira moins le froid qui s'invite par la porte-fenêtre à simple vitrage. Une dépense de moins dont il est ravi.

— Tu vois que j'avais raison ! C'était débile de laisser des rideaux tout neufs moisir dans tes placards. Je suis certaine que si je fouille encore, je t'en sortirais des merveilles.

— Ça ira pour l'instant, tu vas pas tout mettre la maison en vrac. Après, je n'y retrouverais plus rien.

Adèle éclate d'un rire franc. Elle a l'habitude des réticences du nonagénaire mais sait très bien que ce sera lui qui avancera un pion vers elle lorsqu'il aura envie d'ouvrir un nouveau placard ou une nouvelle malle. Pour l'instant, les vieux rideaux vont prendre la direction de la cave. On ne sait jamais, cela pourrait servir.

Dans la cuisine, un cageot est rempli de fruits et légumes de saison provenant de son jardin. Il en donne de bon cœur à Adèle pour que la famille puisse manger à sa faim. Il admire Sybelle dans ce rôle de maman solo, de femme forte et faible à la fois qui doit tout gérer d'une main ferme mais suffisamment souple pour éviter de multiplier les conflits. Chaque jour, sauvegarder un simulacre d'équilibre face à ses deux adolescents plus ou moins en crise.

— Adèle, faut que je te cause.

— Tu me fais peur, j'aime pas quand tu parles avec ce ton de catastrophe. T'es pas malade au moins ?

— Non, il ne s'agit pas de moi mais de toi.

— Ah bon ?

— Hier soir, j'ai rencontré ton Daniel lorsqu'il t'a déposée. On a discuté pas mal et il m'a donné une lettre pour toi.

— T'as parlé à Dany, pourquoi ?

— Aucune importance. Lis la lettre, tu comprendras.

— Tu sais ce qu'il y a dedans ?

— Aucune idée, il m'a juste dit que c'était pressé.

Adèle prend l'enveloppe du bout des doigts car elle ne sait pas ce qui l'attend. Daniel ne lui a jamais écrit car il ne voulait pas laisser de trace. De plus, à l'école, le maître lui tapait tellement sur les doigts avec la règle en bois qu'il en a une sainte horreur. Alors, pourquoi prendre sa plume aujourd'hui ? C'est absurde. Elle la plie et la glisse dans sa poche. Gaspard insiste sur le caractère urgent de la missive. On lui a donné une mission qu'il doit assurer.

— C'est ma photo que je lui ai donnée. C'est quoi ce délire ?

Gaspard lève les épaules en grimaçant et observe la fenêtre pour éviter son regard. S'il le pouvait, il prendrait l'issue de secours. Mais non, il reste là tout en sachant que les jours à suivre seront horribles pour lui. Devoir gérer le premier chagrin d'amour de sa petite voisine lui sera difficile. Il le sait pertinemment qu'elle l'aimait réellement, éperdument même et que sans doute Daniel l'avait aussi aimée, à sa façon. Il se remémore ses propres ruptures et comprend en un éclair qu'il s'est comporté comme un goujat avec chacune de ses quatre épouses. À chaque fois, le même scénario, il se revoit déposer la carte de visite de son avocat sur la table de nuit avec la mention à l'encre rouge *« URGENT, papiers de divorce à signer »* sans plus d'explication. À quoi cela aurait-il servi à l'époque ? Devoir se poser devant l'être qu'il n'aimait déjà plus, subir un interrogatoire poussé pour connaître la raison du pourquoi du comment et la voir en furie, prête à lui crever les yeux au moindre mot insatisfaisant. Non, il n'avait pas pu agir mieux car sa vie affective était déjà entamée ailleurs, dans un autre lit.

— Non, Dany, tu me fais quoi, hurle t-elle.

Adèle attrape son portable et compose le numéro. Sur les conseils de son amant, il n'est pas enregistré au cas où sa mère tombe dessus par le plus grand des hasards. Chaque message est soigneusement effacé, dès réception, et le clavier bloqué. Quant à Daniel, il a deux portables distincts pour faciliter sa double vie. Il ne va pas se donner mal à la tête, pour rien.

— Numéro plus attribué. Merde. Dany, t'es où ?

— Qu'est-ce qui se passe ma petite ?

La jeune femme ne l'écoute pas et tape à nouveau cette suite de chiffres gravés dans la pierre. On ne sait jamais l'erreur est humaine. Même réponse de l'opérateur téléphonique. Les larmes giclent, elle ne voit plus. Les paroles de son amoureux résonnent dans sa tête et se répètent inlassablement. Elle est perdue. Gaspard la prend dans ses bras et tente de la consoler.

— C'est mieux ainsi, ça pouvait pas durer éternellement. Il est marié, je te rappelle. Sa vie est avec son épouse légitime et ses gosses à élever. Adèle, je t'avais prévenue que c'était pas sérieux cette histoire. Je n'ai jamais rien dit à ta mère parce que c'était pas à moi de le faire mais j'étais gêné quand elle posait ses yeux sur moi. Oublie-le et vite ! C'est la meilleure solution.

— Non, c'est pas vrai, il n'aime pas sa femme. Il me l'a dit.

— Il t'a menti pour ne pas te perdre ou pour t'avoir, c'est du pareil au même. Il est enfin raisonnable et m'a même avoué qu'elle attendait un enfant de lui. C'est le bon gars, pas méchant même s'il est un peu con sur les bords.

— Ce n'est pas possible Gaspard, ça fait des années qu'il ne la touche plus. Ils ne dorment plus dans le même lit.

— Ne crois jamais les hommes mariés quand ils te disent des conneries plus grosses que leur tête. Ils n'ont qu'une idée, c'est d'avoir le beurre, l'argent du beurre et la crémière qui va avec !

— Mon Dany n'est pas comme ça, j't'assure, je le connais.

Gaspard pose ses yeux verts dans les siens et serre fortement les bras de la jeune femme pour s'assurer de sa bonne présence.

— Écoute-moi bien Adèle. La vie est ainsi faite, tu n'y peux rien et moi non plus d'ailleurs. Chacun a des histoires d'amour qui durent un temps ou toujours selon les individus. Le plus important est de vivre l'instant présent et de graver en ta mémoire les bons moments passés en sa compagnie même si, à mon avis, il n'aurait pas dû aller au bout de la relation avec une mineure. Enfin bon, tu n'es pas la première et ne seras pas la dernière à tomber dans le panneau. Ta mère est prise par ses occupations et avec tes frangins à s'occuper aussi, elle peut pas être au four et au moulin. Daniel t'a croisée à un moment où t'avais besoin de réconfort. Cela aurait pu être un autre que cela aurait été la même chose. Sèche-moi tes larmes et offre le plus beau de tes sourires à ton papigris car sinon je te botte les fesses, devant ta mère en plus.

Gaspard a besoin de passer à autre chose et espère qu'elle va vite s'en aller. Discrètement, il inspecte l'heure à sa montre. Il est en retard sur son planning de la journée. Il doit émietter du pain dur pour nourrir les canards du petit parc. S'il n'y va pas, personne ne pensera à eux. Il doit aussi préparer son bol pour demain matin. Il doit moudre les grains de café et y ajouter deux sucres. Le médecin le lui a déconseillé car ce serait mauvais pour son diabète. Mais de quoi parle-t-il, de quel diabète ? S'il l'écoutait, il ne pourrait plus rien boire et encore moins manger. C'est bien simple, le docteur a tellement de patients qu'il en perd la boule.

— Tu veux la garder ou je la jette au feu ?

Adèle prend la photo et la déchire en mille morceaux. Une crise de larmes revient à la charge. Ce n'est qu'un début et l'ancien en a déjà sa claque. Quelle idée de devoir résoudre les problèmes des autres alors qu'il en a tant à démêler de son côté. Il y a des jours où il serait bien mieux en maison de retraite mais s'y résigne car il ne supporterait pas de devoir manger de la bouillie à des heures fixes et ne pourrait plus visiter sa chère cave. Un sacrilège.

— Oh regarde, il y a un billet pour toi.

— Il m'a pris pour une pute ?

— Je ne pense pas. Il doit y avoir une autre explication.

Son numéro de passe-passe n'a pas produit l'effet escompté, il ne se voit pas sortir de l'impasse. Il est tard. La fatigue le gagne, Gaspard a eu son quota d'émotions. Son estomac crie famine. Son corps ne va pas tenir. À quand remonte un repas digne de ce nom ? Impossible de le savoir précisément, il ne sait plus ou ne dira rien. Ses nerfs lâchent, il tombe dans les pommes. Dans le calme, Adèle avale son chagrin et met en application le protocole médical. Elle court réchauffer un bouillon de légumes et jette en douce la poudre multivitaminée. Sybelle n'en saura rien, sa fille aînée est devenue adulte et charge de famille bien avant l'heure.

La fratrie

Un samedi midi comme bien d'autres. En cuisine, Sybelle mange des croque-monsieur avec Timothée et Garance. Il n'y a pas besoin de télévision, on écoute les anecdotes des uns et des autres qui pleuvent par milliers. On partage, on questionne, on sourit, on rit, on félicite et on console aussi parfois. Tous trois apprécient ce rituel et ne le manqueraient pour rien au monde. Pour l'instant.

Dans son lit, Adèle n'a pas faim. Elle écoute de la musique techno et se laisse bercer... Pourquoi Dany a-t-il voulu rompre ? Le premier mois, elle aurait compris son souhait d'étouffer leur idylle dans l'œuf mais là, à la veille de ses 18 ans, après deux ans sans nuage, c'est inadmissible. Elle voudrait le revoir pour obtenir des explications. Mission impossible. Daniel est toujours resté vague sur son lieu de résidence. Elle s'en veut de ne pas avoir été plus curieuse. Qui est-il ? Un homme marié, père de deux fils, chef de chantier et sa femme au foyer. Des détails... Elle serre une peluche contre sa poitrine pour mieux éclater en sanglots. Comme dirait Gaspard, il ne lui reste plus que ses yeux pour pleurer et toute sa vie pour oublier. Facile à dire. Comment pourrait-elle tirer un trait définitif sur les meilleurs mois de son existence ? Elle prend la télécommande de sa chaine-hifi et monte le son pour camoufler autant que possible ce cri qui lui arrache les tripes.

— Adèle est réveillée, je vais la chercher.

— Garance, laisse ta sœur respirer ! Elle révise ses partiels en ce moment donc faut pas l'embêter.

— Maman, tu te trompes, elle révise pas, elle fait la teuf.

— Je te dis que non Garance ! Reste ici, tu le verras quand tu seras plus grande. Quand on doit assimiler beaucoup de choses en peu de temps, on doit s'amuser un bon coup pour faire soupape de sécurité comme ma cocotte-minute. C'est pour ça que Tim s'est inscrit au hand cette année.

— Trop de la balle, tu crois que Tim bosse ? Il est sans arrêt dehors à traîner avec ses potes.

— Tu parles de moi, sauterelle ? Tu veux que je t'apprenne à vivre. Tu me dois le respect, je suis ton aîné, j'te ferai dire.

— Guignol va !

— Sorcière, je vais t'étrangler !

Sybelle admire le plafond et souffle de désespoir. Inutile de crier ou de chercher à les séparer, ces deux-là sont comme chien et chat. Toujours à rechercher le contact physique ou verbal. Tout est prétexte à querelle. Au départ, elle élevait la voix sans arrêt, attrapait l'un ou l'autre pour stopper les réjouissances. Dorénavant, elle laisse faire. Ils n'iront pas jusqu'à s'entretuer. Elle ne va pas laisser sa santé à ce petit jeu-là.

— Timothée, c'est l'heure d'y aller !

— Mais maman, t'exagères, c'est au dernier moment que tu m'le dis ! Je suis en retard à l'entraînement et mon vélo est à plat.

— Ton vélo est encore en rade, comment tu te débrouilles, tu roules sur des tessons de bouteille ou quoi ?

— Tes rustines sont nases, graves pourraves. C'est nul, c'est d'ta faute !

— C'est pas possible. C'est Gaspard qui me les a données.

— Elles datent de Mathusalem, j'te dis. Il t'a refourgué de la merde, comme d'hab !

— Timothée, je te permets pas de critiquer Gaspard, tu sais très bien que sans lui le frigo serait vide !

— Toujours pareil, on peut rien dire dans cette baraque. Bon bah moi, je me barre. Hasta luego.

— Timothée, ne pars pas à pied, je t'emmène !

— Ça va pas la tête, j'ai plus cinq ans !

Sur ces mots, Sybelle voit son adolescent pianoter sur son portable et marcher dans l'allée centrale en rigolant. Deux minutes plus tard, un copain se présente en mobylette. Timothée enfile son sac à dos et saute à l'arrière.

— Punaise et le casque c'est pour les chiens ? Pourvu qu'il ne lui arrive rien...

— Maman, je peux prendre la dernière mousse au chocolat ?

— Oui ma puce bien sûr, je vais sortir à la supérette acheter des œufs pour en refaire d'autres.

— Je peux venir avec toi ?

— Tu me poses une colle là, je ne sais pas du tout. Voyons, voyons, il faut que je me creuse la cervelle, est-ce que j'ai assez de place dans ma voiture ? Ce n'est pas certain.

Elles sortent toutes les deux en riant en claquant la porte au nez des deux chiens interloqués. Ils prendront l'air plus tard.

— Maman, faut prévenir Gaspard qu'on part !

— Pourquoi ça ?

— Il m'a dit que ce serait gentil de l'emmener au bourg, à la pharmacie. Il lui manque je me rappelle plus quoi.

— Il t'a dit ça quand ?

— Bah, je ne sais plus moi, peut-être lundi ou jeudi.

— C'est pas possible, c'est maintenant que tu le dis ! Je te le répète sans arrêt, dès que Gaspard réclame quelque chose, il faut me prévenir tout de suite. Je lui dois bien cela.

— Bah oui mais tu étais en pleine méditation l'autre soir.

— Garance, le yoga est toute ma vie mais la vie de ceux que j'aime est plus importante.

— Ah bon, tu aimes Gaspard ?

— Oui j'aime Gaspard comme toi tu aimes le chocolat, c'est pareil. Il fait partie de la famille depuis le temps.

La fille traverse la route en courant, contraignant une voiture de livraison à stopper. La mère porte ses mains à sa bouche. Le conducteur baisse sa vitre en lui adressant un visage avenant.

— Bonjour madame, n'ayez crainte ! Je l'avais vue arriver. J'ai des gamins aussi à la maison donc je me méfie.

— Bonjour monsieur, c'est pas faute de lui dire mais elle n'en fait qu'à sa tête elle-aussi. Heureusement qu'on n'habite pas en ville sinon elle serait entre quatre planches depuis longtemps.

— Je crois pas. Les enfants s'adaptent à leur environnement. Votre fille sait qu'il n'y a pas un chat dans le coin alors elle en profite et a bien raison d'être insouciante. L'enfance passe trop vite à mon goût. En ville, c'est différent, ils ont les yeux partout dès qu'ils apprennent à marcher. Ils le font d'instinct.

— Si vous le dites. Vous cherchez quelqu'un ? Je connais tous mes voisins, même les petits nouveaux.

— Inutile, je suis au bon endroit, il me semble. Garance, Timothée et Adèle vivent bien chez vous ?

— Oui, je suis leur mère, pourquoi ?

— C'est Noël aujourd'hui, ils ont tous les trois un gros colis d'un certain Patrick.

Sybelle en reste muette, le père de ses enfants mais aussi époux a tenu sa promesse. Le lien juridique qui les unit n'a jamais pris fin. Ils sont toujours mari et femme, malgré les neufs années d'absence. Actuellement hospitalisé, il leur a acheté au préalable des vêtements dont il manquait cruellement. La mère de famille est ennuyée. Elle ne sait pas dans quelle clinique il séjourne et ne pourra lui faire une visite surprise, à son tour. Tant pis.

Souvenirs

Dans une forêt aux senteurs d'humus, de mousse et de champignons, les chiens font les fous. Ils courent en tous sens, se roulent par terre et attrapent à pleins crocs des branches cassées qui n'en mènent pas large. Ils se coursent en jappant puis s'extasient devant un écureuil qui s'échappe au travers de la végétation luxuriante. Ici, tout est émerveillement. Heureux de respirer à pleins poumons cet air frais et parfumé, synonyme d'un retour aux sources revitalisant et essentiel à son combat contre la maladie, Patrick accuse le coup. Il n'espérait plus pouvoir vivre un tel moment de délice.

À ses côtés, Sybelle ne l'écoute que d'une oreille. Il le sent. Il avait redouté cet instant de flottement. Là, il a les deux pieds dedans, enlisés dans des sables mouvants. Tout ne sera plus pareil après cette longue absence. On ne peut pas recoller les morceaux d'une jarre qui a explosé par l'effet du gel. Il manquera toujours quelques millièmes de particules qui empêcheront celle-ci d'être totalement étanche. Impossible d'y installer une belle fleur qui a un besoin constant d'eau pour se développer. En un mot, vivre. L'eau prendrait inlassablement le sillon vers la sortie interdite, telle une fugitive qui vient de dévaliser une bijouterie mais qui n'a pas la moindre idée sur la manière d'en obtenir des liquidités sonnantes et trébuchantes. Une unique plante pourrait s'y sentir à son aise, la mauvaise herbe qui pousse partout sans la moindre difficulté, vivace et durement enracinée.

— Au fait, les enfants étaient excités comme des puces à ouvrir leur colis. Merci pour eux.

— J'espère que je me suis pas trop trompé dans les tailles.

— Non, ça passe, un petit peu grand pour certains articles mais ce n'est pas grave. Dans l'ensemble, ça leur a plu.

— Tant mieux mais je n'ai aucun honneur car une vendeuse m'a aidé. Elle gesticulait dans les rayons et était à mes petits soins car elle devait valider sa période d'essai.

— Ils ont de quoi faire et t'embrassent. Il y a juste Adèle qui n'a pas joué le jeu. Elle a pris deux ou trois bricoles avant d'aller dans sa chambre. Depuis un an, c'est un peu compliqué car elle est toujours dans la lune, n'a jamais envie de rien et surtout pas de nous parler. C'est difficile de voir grandir trop vite les enfants.

Patrick avance doucement posant un pied devant l'autre sans bruit. Il n'ose jeter un œil à Sybelle qui commence à s'épancher. Il étudie le tronc d'un arbre avachi à terre par la dernière tempête qui peine à respirer. Ses racines sont à l'air libre, telles les tentacules d'une pieuvre qui nage dans les profondeurs des fonds marins. Ses membres sont brisés à divers endroits. Des cassures définitives dont il ne pourra jamais se relever.

— La petite maman a du mal à laisser grandir son petit bébé et a l'œil qui pleure. Oh que c'est touchant !

— Ce n'est pas la peine de te moquer de moi.

— Je vais me gêner ma vieille. Te souviens-tu de tes années d'études et de ta relation avec ta mère à son âge ?

— Ce n'est pas identique. Je n'ai pas fait d'études pour ainsi dire et je me suis vite barrée de la maison pour gagner ma croûte.

— Bien sûr, développe.

— Tu veux me faire dire quoi ? Je suis partie de la baraque pour fabriquer des chaussures dans la petite usine du bourg. Tu ne t'en souviens plus ?

— C'est cela oui.

— C'est la stricte vérité. Je peux te sortir les bulletins de paye, si tu me laisses un peu de temps.

— Inutile, je sais tout ça. Je voulais juste que tu ajoutes le principal. Tu t'es barrée de chez tes parents car tu avais le feu au cul. Ton père t'emmerdait car il surveillait tes allées et venues, de jour comme de nuit, et ta mère passait son temps à te sermonner et à te courir après pour ne pas que tu te fasses tirer les oreilles. Donc, autrement dit, tes vieux étaient des vieux cons et à l'heure actuelle, la conne c'est toi !

Immédiatement, Sybelle songe que Patrick aurait dû rester en Afrique. Il était bien là-bas à admirer les danses traditionnelles au rythme du djembé en mangeant son bol de riz. Quelle idée de lui raconter ses déboires... Que peut-il comprendre ? Rien.

— Tu rumines ?

— Non.

— Adèle garde secret sa vie privée et c'est normal.

— Peut-être mais bon, elle n'est pas ma copie conforme non plus. Elle est sérieuse et ne pense qu'à bosser ses cours.

— Admettons !

— C'est moi qui l'ai élevée, je la connais mieux que toi !

— On croit toujours discerner le vrai du faux mais pense ce que tu veux. Après tout si cela peut te rassurer...

Cette femme n'a pas envie d'entrer en conflit avec le père de ses enfants. Il se plie déjà en quatre pour retrouver un semblant de place dans la famille. Elle ne va pas l'enfoncer encore plus.

Sybelle balaye l'horizon en prenant une grande respiration de cet air sain puis siffle les chiens qui arrivent à toute allure. Ils bousculent Patrick qui tombe lourdement sur un lit de fougères. En voulant se rattraper à une branche, ses chaussures ont glissé vers la direction opposée à celle qu'il désirait. Plus la peine de lutter, il ne peut pas atterrir plus bas. Son épouse lui tend la main. Il penche son corps en sens inverse pour s'aider de ses genoux. Il se relève seul et bombe son torse pour affronter les aléas de la vie. L'un file vers la gauche tandis que l'autre tutoie la droite.

Gaspard

Ce soir, Gaspard est aux anges. Garance lui fait l'honneur d'une visite en compagnie d'Adèle. Il n'a pas d'enfant. Un comble pour lui qui rêvait d'une famille nombreuse qui viendrait le voir pour partager le repas dominical. Il ne peut expliquer la raison pour laquelle, dès qu'il se mariait, il avait au bout de quelques années, cette envie de prendre la porte de sortie. Fuir le quotidien trop lourd, fuir la monotonie du calendrier tristounet, fuir l'emprise de l'autre, fuir les responsabilités et surtout fuir la vision d'un corps qui dépérit à vue d'œil. Il ne pouvait partager le lit de sa moitié seulement si la passion, qui vous prend aux tripes et vous empêche de penser et de dormir, était présente de jour comme de nuit. En son absence, la vie conjugale n'avait aucun intérêt. Le vieil homme se questionne ce jour si, par le plus grand des hasards, une de ses ex-épouses lui avait caché un début de grossesse. Après tout, il s'agit d'une possibilité à creuser. À chaque divorce, il avait exigé une rapidité exemplaire. Puis, il avait changé de quartier, de ville pour se sentir plus libre et ne pas devoir les croiser au coin d'une rue. À y réfléchir, sa vie a été merveilleuse de rencontres et d'heureuses surprises. À ce jour, toutes les périodes difficiles sont archivées. Inutile d'encombrer son disque dur d'histoires sans lendemain, d'argent perdu pour de mauvaises raisons et d'années fusillées par la poursuite d'huissiers. Il est vrai qu'il avait pris le pli de ne pas payer son loyer régulièrement, l'obligeant à déménager souvent pour brouiller les pistes. À présent, il avait soldé toutes ses dettes et se rachetait une bonne conduite en conseillant Adèle et en distrayant la jeune Garance.

— Votre mère, comment va t-elle depuis l'autre jour ? Elle a réussi à donner le chiot ?

— Non, elle n'a pas le droit, la chiotte est à moi !

En douce, Adèle joue du coude car il a lancé un sujet qu'il valait mieux rayer de la carte. Garance se débat dans tous les sens et tente de prouver que le chiot ne pourrait pas survivre loin d'elle, sa mère tout autant que la chienne.

— Au fait, je change de sujet, j'ai cru comprendre que votre père était plus ou moins revenu au bercail, non ?

— Ne parle pas de malheur, lance cette fois l'aînée.

— Oui, trop cool, je connais mon papa, il s'appelle Patrick. Il est trop beau, trop gentil et je suis trop contente. Il m'a promis d'aller faire du poney. C'est hyper trop génial !

— Il peut bien dire ce qu'il veut, j'en ai rien à foutre !

— Adèle, voyons ! C'est de ton paternel aussi qu'il s'agit.

— Tu parles d'un père qui nous calcule pas pendant dix ans et là coucou me voilà, la queue entre les pattes, et il faudrait lui taper la bise à ce mort vivant. Plutôt crever, tu m'entends !

Gaspard est interloqué, voire choqué d'entendre ces propos. De son temps, les jeunes filles n'avaient pas cette liberté de paroles et c'était mieux ainsi. Cet homme n'arrive pas à l'admettre et le souffle lui manque pour la remettre à sa place. Il n'est plus de première jeunesse et n'en a que faire de toutes ces querelles de famille qui, de toute façon, s'apaiseront avec le temps. Patrick est son père. Tôt ou tard, elle lui mangera dans la main. C'est écrit.

— Je suis en colère contre maman car, elle, c'est pas mieux. Elle dit amen à tout et le regarde comme si c'était le messie parce que monsieur nous achète ceci ou cela. Il va s'installer à la maison, si ça continue. Je te jure, ce jour-là, je boucle ma valise et je me tire, ils auront tout gagné !

— Ma grande, faut la comprendre ta mère aussi…

— Non, je n'y comprends rien du tout. Elle a chialé comme nous lorsqu'il s'est barré et, aujourd'hui, elle lui tape la discute comme s'il s'agissait de son meilleur pote. Voilà que je t'invite à prendre un café par-ci et que je mets une assiette de plus au dîner par-là pour faire genre " On est de la même famille ". Et demain, ce sera quoi ? Elle va lui laver ses slips sales ? C'est affligeant, qu'il retourne à Perpète-les-Bains, on n'a pas besoin de lui ici !

Garance s'est éloignée de la table et est assise dans un coin, à même le sol. Recroquevillée derrière ses genoux qui font barrage, elle attend que l'orage passe, les larmes ruisselant sur ses joues. Elle n'aime pas voir sa sœur dans un tel état. Elle ne peut assimiler tout ce qu'elle raconte. Elle n'a pas connu les mêmes années de détresse affective que l'ensemble de la maisonnée. Elle n'avait jamais vu son père et n'a pas eu de réels gros chagrins à vivre. Sa mère, son frère et sa sœur l'ont épargnée de bien des choses. Elle est leur rayon de soleil. Pour son plaisir, ils continuent à fêter les anniversaires, Pâques, Noël et le nouvel an. Garance n'a pas manqué d'affection, à l'inverse de Timothée et Adèle qui ont dû accuser la violence de l'abandon, suivi d'une éternelle attente d'un retour pour finalement accéder au deuil lorsqu'ils ont perdu leurs grands-parents. Ils avaient enterré trois personnes au cimetière, ce jour-là, pensant que leur papa ne reviendrait plus.

— Faut être indulgent avec ton père. C'est pas de sa faute. On ne peut pas lui jeter la pierre sans savoir ce qui s'est passé entre ta mère et lui. Les histoires des adultes, ce n'est jamais simple.

— C'est de la mienne, alors ?

— Non. Je te répète que les chamailleries d'un couple les regardent. Tes parents forment toujours un couple que tu le veuilles ou non. Il y a eu une parenthèse dans la vie de ton père. Je ne te dis pas que c'est bien ou mal. Il n'y a que lui qui peut répondre à cette question. On est sur cette terre pour vivre des expériences. Et cette rupture en est une. Il y en a qui font ceci, d'autres cela et c'est normal. Cette parenthèse est finie pour lui et donc pour vous. Le voilà de retour, c'est le principal. Le reste, c'est à eux de voir midi à leur porte. S'ils veulent se remettre ensemble, eh bien qu'ils le fassent, je leur donne ma bénédiction ! Il y a des problèmes bien plus graves dans une vie, je t'assure.

— Jamais de la vie. Moi vivante, je ne dormirai jamais sous le même toit que lui !

— Tu me déçois énormément Adèle. Je pensais que tu étais plus mature que ça surtout vis-à-vis de la vie que tu as menée avec ton mariole depuis deux ans. Tu crois que tu peux en être fière ? Tu n'avais pas mieux à faire franchement que de te laisser entretenir par un homme avec des boulets aux pieds ?

Gaspard regrette de suite sa dernière question. Décidément, la diplomatie n'est plus d'actualité à l'heure qu'il est. Adèle a été trop loin dans ses propos aussi. Il ne peut pas tout entendre et tout cautionner. Il veut bien avoir l'esprit large mais là cela dépasse l'entendement. Dommage que Garance soit présente. Elle n'a pas sa place dans cette arène, pas plus que lui d'ailleurs. Il aurait dû fermer sa porte à double tour, voire à triple tour pour avoir la paix. Le vieillard rejoint la jeune fille et la prend dans ses bras pour la réconforter. Il lui dit que ce n'est rien, que tout va s'arranger pour elle et toute la famille dans le meilleur des mondes. Il lui dépose une bise sur le cuir chevelu et la berce tendrement. De son côté, Adèle aurait envie de gueuler son désaccord mais elle ne peut pas. Sa sœur n'a pas à apprendre sa vie privée. Elle doit la préserver, comme elle l'a toujours fait jusqu'à présent.

— Gaspard, je vais te dire un secret, si tu veux.

— Bien sûr Garance, je t'écoute.

— Eh bien mon gentil papa a embrassé maman hier soir.

— T'es débile, pourquoi tu lui racontes des conneries ?

— C'est pas des conneries, je les ai vus quand j'allais aux cabinets. Ils croyaient que je dormais.

— C'est la meilleure de l'année, elle n'a rien de mieux à foutre que d'écarter ses cuisses !

D'un sursaut, le vieil homme s'approche et esquisse le geste de la gifler sans la toucher. Seuls ses cheveux volent en l'air. Son énervement n'est pas vain car Adèle perçoit la punition qui irradie ses membres. De toute sa vie, Gaspard n'a jamais eu une situation si difficile à démêler. D'habitude, c'est son avocat qui gère et règle les conflits pour lui. Il n'est pas arrivé à presque quatre-vingt-onze printemps pour vivre de telles atrocités.

— Tu vas trop loin Adèle. Ta mère est la plus honnête des femmes que j'ai croisées durant toute mon existence. Tu lui dois le respect total et obéissance jusqu'à la fin de ses jours. Compris ? J'y reviendrai pas deux fois sinon t'es pas prête de remettre les pieds ici, crois-moi. J'en ai dompté plus d'une et plus coriace que toi !

— Oui.

— Comment ça, je n'ai rien entendu !

— Gaspard, j'ai compris, je m'excuse.

— Ah tu t'excuses toute seule. C'est nouveau ça !

— Désolée papigris. Je te prie de bien vouloir me pardonner mille fois.

Gaspard tend la joue pour recevoir une bise, l'incident est clos. Les poils de sa barbe piquent. Elle a de la chance d'avoir un confident comme lui. Un nonagénaire qui a toute sa tête.

— Pourquoi tu veux pas que papa bise maman alors que le monsieur l'autre soir dans sa voiture te fait la même chose ?

— Ah bah celle-là, je ne l'attendais pas, elle est bien bonne, s'esclaffe soudain l'homme à la calvitie bien prononcée.

— Tu parles de quoi Garance, quel monsieur ?

— Tu crois que j'ai pas vu toutes les fois où ce type te dépose devant la maison et joue à te piquer ton chewing-gum ?

— Tais-toi vermine, lance Adèle en étranglant sa sœur.

Ni une ni deux, Gaspard saisit un pichet d'eau, leur jette en pleine figure et leur montre la porte. Trop c'est trop. Il veut bien être tolérant mais il y a des limites. Si elles veulent se faire la peau qu'elles le fassent dehors, loin de lui. Elles ne bougent pas d'un pouce, ni l'une ni l'autre, tremblant de la tête aux pieds. C'est bien la première fois que leur voisin s'énerve ainsi, en tout cas en présence de Garance.

— Pardon Gaspard.

— Je suis pas là pour faire l'arbitre, soit vous êtes gentilles, soit vous n'avez rien à faire ici ! À mon âge, j'ai besoin de repos.

— Je suis trop mignonne, murmure une petit voix.

— Garance, ce que tu as vu au sujet de ta sœur doit rester secret, d'accord ? Tu ne l'as jamais dit à ta mère, j'espère ?

— Non maman était toujours coincée derrière ses casseroles ou à brosser la chienne qui perd ses poils.

— Parfait. Tu es suffisamment grande pour garder ta langue. Donc ceci est un secret entre nous trois, d'accord ?

— Oui.

— Ce secret ne sortira jamais d'ici.

— J'ai compris Gaspard, je ne suis pas sourde, pas la peine de me prendre pour une idiote !

À ces mots, l'ancien bâille. Les filles l'ont usé, littéralement flingué sur place. Il n'a plus la force de tenir debout et s'écroule sur une chaise qu'Adèle a juste eu le réflexe de glisser sous ses fesses. Dans le frigo, une croix dessinée sur une coquille d'œuf l'informe que celui-ci est cuit. Elle le prépare et le tend à Gaspard qui le gobe d'une seule bouchée. Direct dans l'estomac.

— Tu as assez mangé papigris ?

— Oui. Filez. Votre mère risque de s'inquiéter.

— Bonne nuit et merci pour la soirée.

— Pareil mais la prochaine fois ne venez pas armées de vos mitraillettes. Je ne suis plus tout jeune pour combattre.

Elles l'embrassent sur chacune de ses joues. Pour les faire fuir, il les chatouille. Gagné, la hache de guerre est enterrée.

Ce soir, Gaspard n'a nullement besoin qu'on lui chante une berceuse. Il dort déjà debout. Il ne prend pas la peine d'enfiler un pyjama. Il déboutonne simplement son pantalon, ôte ses chaussons et son pull camionneur râpé aux coudes et se couche tel que.

Le couple

Malgré ses protestations, Sybelle descend de voiture pour découvrir le centre d'une ville qui s'offre à ses yeux sélectifs. Elle n'apprécie guère quitter son environnement. Le fait de rencontrer des visages inconnus la laisse indifférente. Elle fuit la foule depuis son enfance, préférant le calme et la sécurité de son cercle restreint de famille et voisins qui suffit à son bonheur. Ici, la règle du jeu paraît différente. Devoir courir à droite et à gauche, qui un sandwich en bouche, qui un portable collé à l'oreille, qui un chien au bout d'une laisse, qui un chat emprisonné dans une cage de transport, qui un furet autour du cou d'un marginal, qui une gueule d'enterrement en guise de faciès, qui une casquette réclamant l'aumône, qui un furtif regard espérant un mot. Non, cet univers n'est pas pour elle.

— Ma princesse, inutile de dévisager tout le monde. En ville, personne ne se soucie des autres, on vit sa vie comme on l'entend. C'est génial d'être anonyme.

— Je trouve cela inhumain. J'adore ma cambrousse car tout le monde se salue. On appartient à une communauté. Lorsque je sors, je peux discuter et apprendre les derniers potins.

— Ou alors te cacher derrière un buisson si tu croises untel ou unetelle qui t'a fait une vacherie ou qui a raconté des bobards sur ton dos. Je t'assure, c'est pas mieux. En pleine campagne, si tu fais le moindre pas de traviole, toute la commune est au courant en une journée top chrono. Dans cette rue, tu peux péter une durite tranquille, personne te regardera de travers.

— Ça c'est sûr, après ton départ, j'en ai eu des visites à la con d'inconnus qui venaient voir la tête de la femme du déserteur. Des hommes avec leur carte de visite si jamais j'avais un problème de plomberie ou un besoin de ramonage. Tu vois le genre ?

— Désolé. Tu n'as pas donné suite à ces abrutis, j'espère ?

— Trop drôle. T'as vu la dégaine de la blonde qui claudique comme un canard boiteux ? Elle devrait plutôt marcher pieds nus, ce serait plus confortable avec son talon aiguille cassé.

— Plutôt mignonne avec sa minijupe en cuir, son chemisier transparent et sa veste miniature.

— Je trouve sa tenue vulgaire.

— C'est une jolie femme qui s'habille avec style. Elle a l'air épanouie, c'est le principal et le reste importe peu. Du moment que ce n'est pas ta fille, ferme les yeux !

— Manquerait plus que ça ! J'ai bien élevé Adèle. Garance suit le même chemin. On a les mains propres dans la famille.

— Tes filles pourront faire sauter les boutons de braguette d'un seul regard quand elles seront majeures. Prépare-toi, maman !

— Mais tu veux ma peau ou quoi ?

— Absolument pas. Je te dis de ne pas porter d'oeillères. T'as pas mis au monde des enfants pour les garder pour toi. Ils partiront un jour ou l'autre et feront à leur guise. Ils vivront leur vie selon leurs convictions qui ne seront pas forcément les tiennes.

Un ange passe. Un pigeon les frôle. Un bus bruyant crache une fumée nauséabonde et les oblige à presser le pas en traversant hors des passages piétons.

— On est encore loin de ton fichu magasin ?

— Non, la boutique est celle qui clignote au bas de la rue.

— Parfait car je n'ai pas que ça à faire...

— Détends-toi, on a la journée et même la vie entière devant nous. Profite car personne ne le fera à ta place !

Sybelle regarde Patrick à la dérobée. Elle ne sait pas ce qu'il s'est réellement passé durant son séjour en Afrique. La seule chose dont elle est certaine, c'est qu'il a gagné en maturité et en sagesse aussi. Avant, son époux était hyperactif et ne prenait pas le temps de se poser, de discuter et encore moins de jouer avec les enfants. Il avait un agenda chargé. Son homme n'était qu'un coup de vent et elle ne le voyait revenir que tardivement quand il daignait rentrer à des heures raisonnables, ce qui était de fait rarissime pour ne pas dire exclu. Il est indéniable que Patrick était un travailleur hors pair, infatigable. Sybelle se demande comment a-t-elle pu tomber enceinte à trois reprises, sans compter sa fausse couche.

— Pourquoi tu rigoles ?

— Pour rien, je pensais à quelque chose.

Soudain, cette femme se rembrunit. Est-ce son voyage qui a changé son époux ou la présence de cet encombrant cancer ? Elle balaie ce questionnement de dernière minute et préfère ne plus y songer. Elle a assez inventé de scénarios catastrophes à son sujet durant son absence. Le mieux est de passer un moment ensemble, sans penser au lendemain. Après tout, Patrick est déjà parti sans prévenir, il peut très bien se volatiliser une seconde fois. Elle ne veut pas souffrir à nouveau. Sybelle est d'accord pour lui offrir une petite place à ses côtés, de temps à autre, mais refuse de devenir prisonnière de cette relation. Elle entend garder son indépendance qu'il le veuille ou non. Une option qui n'en est pas une. À prendre ou à laisser.

— Sybelle, qu'est-ce que tu décides ?

— Pfft, je sais pas, il y a trop de choix dans les draps.

— Les migraines sont superflues pour des choses si futiles. Tu hésites entre quoi et quoi ?

— Entre la parure Océan ou Aquarium.

— Vraiment ? Tu changeras jamais. Tu sais pas choisir entre quelques poissons dans l'eau ou bien, grosse différence, l'océan où vivent des milliers de poissons, petits et gros. Quel paradoxe !

— C'est pas de ma faute.

— T'as raison, c'est de la mienne... Enfin bref, j'te donne mon humble avis. Prends-les deux ! C'est pas plus compliqué et tu seras bien contente d'avoir une parure de rechange.

— Tu crois ?

— Pose-les dans le panier, c'est vendu !

— Merci. Où est le tissu pour faire des taies d'oreiller pour les enfants ? Celles qu'ils ont ne sont pas de première jeunesse.

— C'est toi qui dis ça ? Elle est bonne. Ne t'embête pas avec du tissu que tu devras donner à une couturière. Prends direct des taies, ce sera moins d'emmerdements et te coûtera moins cher. En plus, je suis décidé à te payer tout ce que tu veux.

Sybelle se retient de répondre que l'achat de tissus aux motifs plus ou moins coordonnés, suivi de la couture plus ou moins approximative, ont été d'actualité pendant toutes les années sans lui, sans que quiconque n'y voit un inconvénient majeur mais elle juge bon de ne pas jeter d'huile sur le feu. Elle doit avancer pas à pas et a tout intérêt à courber l'échine pour le bien-être de sa petite dernière qu'elle découvre sous un nouvel angle. Garance, qui ne prenait guère soin de son image, passe désormais des heures et des heures devant le miroir de la salle de bains à lisser ses cheveux. Elle veut plaire à son père et joue à la petite fille modèle, ce qui n'est pas sans faire réagir sa mère qui a galéré à lui faire entendre raison. Il est toujours plus facile de changer les choses quand elles naissent comme par magie.

— Voilà, c'est bon. Des taies mandarine pour Adèle, banane pour Garance et olive pour Tim.

— Super, ils auront de quoi manger !

— Je n'invente pas les couleurs, c'est écrit sur les étiquettes.

— Pour moi, c'est plutôt orange, jaune et vert.

— Il faut sortir le dimanche !

— Extra, on aura tout entendu.

— T'as vu l'heure, on se dépêche. J'en ai ma claque de ces rayons à perte de vue, pas toi ?

— Ok, je t'invite à prendre un petit verre en terrasse.

— Non, c'est bon, la facture est assez salée et avec le prix du parking en plus, c'est inadmissible.

— C'est pas grave. Ce n'est pas tous les jours la fête !

— Il faut rentrer. Les chiens m'attendent.

— Comme tu veux.

— Entre nous, j'étouffe en ville.

— Je vois. Tu ne vas pas sortir les chiens. C'est eux qui te sortent sinon tu sentirais le renfermé. C'est pas faux, ça sent d'ici !

— Merci pour le compliment, toujours aussi galant.

Patrick se tourne, l'enlace et lui vole un baiser. Sybelle n'est pas à l'aise. Elle en reste figée et scrute du regard l'ensemble du magasin à la recherche d'un éventuel paparazzi.

— Zen, on est sur une île déserte, seuls au monde.

— Pas touche, j'ai pas envie d'être prise pour une catin !

— Oh là là, les grands mots, j'te rappelle que j'suis ton mari et si j'ai envie de te biser, personne ne m'en empêchera, ni ici ni ailleurs, toi et ton éducation à la con !

— Dis donc, c'est pas moi qui suis venue te chercher alors si t'es pas content, tu peux repartir sous les tropiques !

— Pardon, je me suis emporté pour rien.

D'un bond, elle sort de la boutique et époussette ses épaules d'un geste rapide. Son manteau noir fait la part belle aux pellicules. Ce détail pourrait passer inaperçu. Ici, il prend des proportions telles qu'elle cherche son reflet dans une vitrine et le trouve.

Cette femme prend conscience qu'elle a vieilli et qu'elle est beaucoup moins flexible. Elle ne peut se résoudre à ouvrir sa porte de manière permanente et inconditionnelle à son époux. Sybelle pense qu'elle ne sera jamais entièrement en mesure de supporter Patrick comme il le voudrait. Elle ne peut faire mieux, son corps garde en profondeur les stigmates du passé.

Les voisins

À l'heure où tous les chats sont gris, Adèle s'agite dans son lit. Son corps ne peut trouver le repos. Elle est en manque de son amant et peine à concevoir qu'elle ne le reverra probablement pas. Selon Gaspard, elle devrait se laisser séduire par un garçon de son âge mais ce n'est pas son intention. Pour elle, ces derniers ne sont pas assez évolués. Immatures et imberbes, la plaie. Adèle préfère les hommes virils avec de la conversation. Comme dirait le vieux, du poil aux pattes et de la barbe au menton. Daniel est son premier amour. Elle rêvait de s'installer avec lui et de fonder une famille lorsque le moment serait opportun. Il lui avait promis de se séparer de son épouse. Quant au divorce, il était prévu, à suivre. Elle ne lui a mis aucun couteau sous la gorge pour obtenir cet aveu. Pourquoi ce volte-face quelques mois avant sa majorité ? Inadmissible. Son ventre la tourmente et se crispe. Ses caresses lui font défaut et elle doit allonger les bras vers une peluche pour se calmer.

Dehors, le bruit du moteur d'une fourgonnette commence à se faire entendre, des voisins emménagent. Adèle jette un œil à son portable. L'alarme n'est pas prête à sonner. Elle tire la couette qui a glissé et, à l'aide de ses orteils, approche l'after-shave qu'elle a dissimulé au pied de son lit, unique souvenir de cette aventure au goût amer. D'une simple pression sur le flacon, l'odeur l'invite à planer. Dany n'est pas loin. Il lui suffit de fermer ses paupières pour revoir son visage souriant, sa cravate nouée sérieusement à son cou qui pend sur son corps nu, assis sur le bord d'une literie d'hôtel, ses poignées d'amour qu'il tente de faire disparaître en cabrant son torse vers l'arrière et en rentrant son ventre, sans oublier ses chaussettes qu'il refuse d'ôter car il a une sainte horreur de ses pieds grecs. Oui, ses seconds orteils dépassent les autres et il ne les supporte pas. D'ailleurs, il aurait voulu que ses parents les sectionnent dès sa naissance pour ne pas essuyer les moqueries de ses frères et de ses cousins.

Des situations cocasses à la pelle se bousculent dans sa mémoire, Daniel avait le chic pour la faire rire aux éclats. Adèle ne pourra vraisemblablement plus vivre de tels épisodes. Ensemble, l'osmose était totale. Les regrets minent son équilibre. Elle voit la vie s'obscurcir. Cette jeune femme se demande si elle ne devrait pas passer à l'acte en se jetant par la fenêtre de sa chambre. Elle y songe de plus en plus souvent, l'ouvre en grand et admire le jardin qui court le long d'un chemin se déversant sur la route goudronnée avant de repartir vers la porte d'entrée de la maison de Gaspard. De l'étage, elle hésite un instant puis referme de peur de se blesser.

Dans la rue, un bruit sourd, un coup de frein foudroyant puis des hurlements. En deux secondes, elle est dehors et court vers le drame en chemise de nuit. Un homme lui présente ses excuses. Il est navré. Il n'a pas pu s'arrêter à temps. Le border collie hurle à la mort, la chair de sa chair est passée sous les roues du véhicule. Le chiot n'a que la tête indemne, ses pattes ont été broyées. Il tourne de l'œil, sa souffrance est palpable. Adèle pleure à chaudes larmes, n'ose le regarder en face et n'a pas le temps de réfléchir à ses actes. Elle prend une grosse pierre et la fracasse sur le crâne de l'animal pour abréger son agonie. L'homme n'en croit pas ses yeux et part vomir dans un fossé. Puis, il revient pour la prendre dans ses bras. Il a rarement vu une fille avec un sang-froid pareil et veut la consoler. Son père lui dit qu'il vaut mieux y aller, que les cartons ne vont pas se décharger seuls. Adèle maudit le présent.

Sa mère la rejoint. Le mal est fait et la marche arrière n'existe point. Le conducteur appelle son fils. Il faut poursuivre. Il tend une carte de visite à Sybelle qui la refuse. Elle n'en fera rien. Elle n'en a pas la force.

— Tu faisais quoi dehors avec les chiens ?

— J'étais dans mon lit quand j'ai entendu...

Sans casque, à l'arrière d'une mobylette, Timothée arrive en chantant la Marseillaise en breton. Si, si, c'est possible même sans ascendant breton dans la famille. Il a découché pour l'anniversaire d'un copain. Inutile de demander l'autorisation à sa mère, elle aurait refusé. Toujours ce même refrain... *Je te répète encore une fois, aucune sortie avant tes 18 ans, c'est pas compliqué, c'est la règle depuis des générations et même moi je la respectais !.. Mais maman, je vais pas attendre trois ans. T'es nulle. La sortie, c'est ce soir, tous les potes y seront et si j'y vais pas, on va me traiter de relou... Eh bien, ce ne sera pas la fin du monde, suis l'exemple de ta grande sœur, elle est sage comme une image !.. Tu m'énerves, Adèle est une fille et moi un mec donc je dois pas suivre les mêmes règles qu'elle et encore moins les tiennes qui sortent tout droit de la Préhistoire !.. Tim, tu vas me faire le plaisir de baisser le ton, je suis ta mère et tu me dois le respect.* Claquement de porte, soupe à la grimace durant trois jours et, rebelote, le calme olympien avant le prochain orage. Hier, le problème a été réglé haut la main, pas de supplication, pas de bras de fer. Pas vu, pas pris.

Le jour se lève et l'adolescent fautif prend en pleine face la gravité de la situation. Par sa négligence, les chiens ont pu sortir et déambuler librement, sans surveillance. Sybelle le prend à témoin, gueule plus que de raison et frappe dans le vide puisque son fils a deux têtes de plus qu'elle. La mère n'a pas vu grandir son enfant ou n'a pas voulu le voir. Le résultat est le même. Aujourd'hui, elle fait allusion à une inscription dans un internat s'il ne gagne pas en maturité. Cette fois, ce n'est plus possible, Timothée a été trop loin et a dépassé les limites. Son père en sera informé et assumera la totalité des frais. Pour sa part, elle a assez donné. Du bruit provient de la maison voisine et une lumière s'allume. Gaspard a faim.

Sybelle et ses enfants ne tardent pas à rentrer, le linge sale doit se laver en famille. Tout le village ne doit pas être spectateur, même s'il n'est composé que de quatre résidences. Sur le palier, on parle fort, on pleure, on crie, on présente ses excuses, on sermonne plus durement, on supplie à genoux puis on sèche ses larmes. On n'en reparlera pas, tout du moins pas avant le prochain glissement de terrain. Les fondations de leur foyer restent fragiles.

Sur la route, Gaspard récupère la dépouille du chiot et va l'enterrer au fond de son jardin, entre les racines d'un pommier. Il joint ses mains pour verbaliser une prière de son invention. Puis, comme d'habitude, il fera comme s'il n'avait rien vu, rien entendu. Un réveil aux aurores dont il taira les détails sordides. Pour preuve, il se passe un filet d'eau sur son visage et retourne s'allonger, le cœur léger et le devoir effectué. Ce retraité ne s'ennuie jamais dans ce petit village de campagne. Il s'y plaît bien.

Présentation

Habillé avec élégance, Patrick traverse la route pour saluer le voisin dont il a entendu tant d'éloges de la bouche de Sybelle et Garance, à défaut d'Adèle qui l'évite.

— Ohé, Gaspard où êtes-vous ?

Le visiteur observe au travers des rideaux ajourés de chaque fenêtre avant de trouver, à l'arrière, la porte de la cave ouverte.

— Il y a quelqu'un ?

— Oui l'ami, je suis là.

Derrière un monticule de cartons, la tête du nonagénaire sort, telle une marmotte à la sortie de son terrier.

— Bonjour. J'espère que je ne vous dérange pas. Je passais me présenter. Je suis le papa d'Adèle, Timothée et Garance.

— C'est pas vrai, salut fiston ! Enchanté de te connaître.

— Je repasserai à l'occasion.

— Certainement pas, du moment que t'es là, tu restes. Si tu n'as pas mieux à faire, je t'embauche pour la matinée.

— Euh, c'est-à-dire que…

— Taratata, monte là-dessus, viens me prêter main forte. De toute façon, je ne vais pas y arriver tout seul.

Patrick se faufile en écrasant de son corps tous les cartons, en nageant le crawl. Gaspard crache dans ses paumes, les frotte pour les nettoyer puis lui serre la main. Ses dents jaunies le mettent mal à l'aise. Ce visiteur ne sait pas à quelle sauce il va être mangé. Il aurait envie de prendre ses jambes à son cou mais cela lui paraît difficile puisqu'il a décliné son identité.

— Voilà, voilà, je m'appelle Patrick et suis le père des trois enfants de Sybelle qui habite la maison en face de chez vous.

— Zen, tout va bien se passer. Tu me l'as déjà dit. Puisqu'on a du pain sur la planche, on va commencer par le commencement. Il va falloir faire passer le diable par le chemin d'où t'es venu pour qu'on puisse s'en servir utilement. Tu comprends le schmilblick ?

— Oui, oui, oui, réfléchit-il pour esquisser une solution.

— Bah oui, c'est pas bien compliqué mais c'est comme tout, faut s'y mettre et pas reporter à demain ce qu'on peut faire de suite. D'autant plus qu'après, je serais peut-être entre quatre planches.

Patrick ne bouge pas, tant il est perdu dans ses pensées.

— C'est une blague, demain je serai encore vivant à radoter mes conneries à qui voudra les entendre.

— Désolé, je vais pas pouvoir vous aider, mon médecin m'a formellement interdit de soulever des charges lourdes.

— Un grand gaillard comme toi déjà au rebut ? C'est bien malheureux, y'a plus de jeunesse vaillante et brave dans ce pays de nos jours. Heureusement qu'on n'est pas en temps de guerre sinon la France serait les deux pieds dans la merde !

— Nous, la nouvelle génération, on en a dans le ciboulot. Il faudrait savoir ce qui vous préoccupe pour vous conseiller.

— Sans le diable, impossible de bouger la satanée machine à laver qui est en vrac à l'heure qu'il est.

— Elle doit certainement avoir des roulettes. Vous voulez la changer d'emplacement, la tuyauterie est prête ?

— Tout est à sa place chez moi. Merci. T'es bien le père de ta fille Adèle. Incroyable. À chaque fois qu'elle vient, elle voudrait tout déménager. Que nenni, j'suis le chef chez moi et si je n'ai plus de bonne femme dans mon antre, c'est qu'il y a une raison. On doit pas bouger l'ordre établi qui a déjà été étudié, parbleu !

— D'après moi, elle veut juste vous rendre service.

— Assez discuté, on a assez perdu de temps, faut s'occuper de la machine qui ne veut plus pisser.

Patrick admire la surface potentiellement utilisable de cette pièce et se dit qu'en rangeant tout ce bric-à-brac, le vieux pourrait obtenir un lieu confortable et fonctionnel.

— T'es décidé ou non ? On va pas rester à se regarder dans le blanc des yeux plus longtemps. J'ai du boulot.

— Si j'ai compris, votre machine à laver ne vidange plus.

— Bravo, c'est ce que je m'escrime à t'expliquer depuis une heure, t'es perspicace, dis donc ! Si ça continue, on sera encore au même point à la nuit tombée.

— Si elle ne vidange plus, vous feriez mieux d'en racheter une autre, cela vous coûterait moins cher.

— Tu veux jeter l'argent par la fenêtre ? J'ai connu la guerre et les privations. Chez moi, un sou est un sou et je suis à même d'y mettre les doigts là où il faut pour qu'elle reprenne du service au plus vite. J'en ai vu d'autres.

— Le vieux n'a pas l'air fin quand il s'y met, pense Patrick en se grattant la tête pour tenter de remettre ses idées en ordre.

— On va trouver une autre solution. Si tu peux rien porter, tu peux sans doute tenir les choses sinon tu ne sers à rien et tu n'as qu'à retourner te coucher !

Patrick ne bronche pas, s'allonge pour sortir de cette geôle talonnant le nonagénaire, visiblement entraîné à l'exercice. Puis, ce dernier s'extasie face à la machine inerte. Il lui caresse le ventre et dit qu'il va la tirer d'affaire. Patrick lève les yeux au ciel et maudit son initiative. Le voilà enfermé avec un vieux fou.

— Installe-toi derrière et ramène-la vers moi gentiment, sans la brusquer. Il faut qu'elle gagne ta confiance, petit à petit, comme une femme. Si tu la traites avec bienveillance, tu peux obtenir tout d'elle. Fiston, il faut savoir feinter pour qu'elle soit tienne. Un petit mensonge de rien du tout n'est pas mortel et règle le malentendu qui n'en est pas un, si on gratte bien.

Une nouvelle fois, il se garde bien de réagir. L'ancien n'est pas né d'hier et sait faire passer les messages, sans en avoir l'air. Patrick hoche la tête en songeant qu'effectivement on peut tout obtenir d'une femme, même l'arrivée d'un gosse qu'on n'a jamais commandé et encore moins désiré. Il admet que Garance est adorable. Elle veut rattraper les années perdues alors que son aînée le fuit, telle la peste. Quant à Timothée, il lui parle sans lui parler vraiment tant il est accaparé par sa vie amicale. Patrick ne peut pas leur en vouloir mais gardera au fond du cœur le regret éternel de son départ, vécu comme un abandon. Une désertion.

Sybelle accepte sa présence à l'occasion d'une soirée pizza. Il ne peut se permettre d'exiger plus, cela lui convient. Il n'a passé aucune nuit dans le lit conjugal et ne veut pas brûler les étapes. Les sentiments de sa femme reviendront ou non. Il en est conscient et estime qu'il est préférable de vivre au jour le jour pour ne pas risquer de la perdre. Un flirt par-ci, une douche coquine par-là, le couple s'apprivoise sans aucune promesse, sans objectif ni aucune pression. Si la passion de leurs fiançailles pouvait réapparaître, il en serait ravi mais n'ose y croire.

— Ne va pas la lâcher punaise, tiens le coup, je suis couché dessous. Allez du nerf, bon diou bon diou de bon diou !

Gaspard cesse de respirer pour ouvrir la trappe du filtre. Il la dévisse avec maintes précautions. Un mince filet d'eau s'écoule. Il éjecte une poignée de petites particules ressemblant à des cailloux. L'eau se déverse plus aisément. Soulagement.

— Penche-la un peu plus pour lui permettre de cracher le trop-plein de la cuve.

— Oui chef.

— Sacré fiston, tu commences à saisir le truc, c'est bien. Tu es un bon commis et j'ai confiance en toi.

Il esquisse un sourire, le vieux fou n'est pas si idiot que cela. Gaspard prend appui sur le mur pour se lever, dérape et se relève. D'un souffle, la machine se délivre de l'excédent d'eau trouble. Le couloir est inondé. Paniqué, Patrick la redresse puis recule.

Comme à l'accoutumée, Adèle entre sans frapper. Elle pose le panier de linge repassé sur une table et voit le ruisselet.

— Papigris, t'es où ? Tu prends une douche ou quoi ?

— Je suis dans le vestibule.

Gaspard intime le silence à son invité surprise. Il souhaite que le père et sa fille se fassent violence et puissent engager une conversation de manière adulte et sereine.

— Bonjour Adèle.

— Qu'est-ce qu'il fout là lui ?

— Il est passé par hasard pour faire connaissance et vu que j'ai un problème à régler, il m'aide. C'est gentil, hein ?

— C'est cela, au revoir, je reviendrai dans la semaine.

— Adèle, voyons, tu peux rester, ton père va pas te manger.

Elle est déjà sortie. Le retraité plonge son regard dans celui qui pourrait être son fils, saisit sa tristesse et lui tape sur l'épaule.

— Ne t'inquiète pas, cela lui passera. Elle a un caractère de cochon mais n'est pas méchante pour un sou. Elle reviendra vers toi, j'en mets ma main à couper, le temps de digérer ton cas. La patience est la clé du succès pour la mère comme pour la fille.

— Mmmm…

— Allez viens faire un tour dans ma cave, on va déboucher une bonne bouteille pour fêter ta présence.

— On ne peut pas laisser l'eau partout, regarde.

— Ne t'inquiète pas, un coup de chauffage à fond et ce sera sec tout à l'heure. Je suis adepte du moindre effort inutile. Tout ce qui peut se régler seul doit se gérer sans moi.

— La panne n'est pas réparée, il me semble, non ?

— Le plus gros est fait, il reste la durite d'évacuation qui est reliée à la pompe de vidange à nettoyer car je suis certain qu'elle doit être bouchée elle aussi. Ce n'est pas possible autrement.

— La durite à laver ?

— Oui, c'est pas compliqué du tout, j'ai nettoyé des durites toute ma vie. Si tu veux, on va boire un coup et après je te montre.

— Pourquoi pas, répond naturellement Patrick.

— Marché conclu. Pour te remercier de ton aide, tu casses la croûte avec moi ce midi. Tu es un bon gars toi, tu sais ?

Gaspard est heureux. Il va pouvoir dérider ce père de famille à la dérive et sur la réserve qui doit certainement avoir besoin de vider son sac. Entre hommes, ils vont réussir à se comprendre. Au besoin, il fera sauter les bouchons de bouteille. Il vient justement de recevoir de nouveaux millésimes. Instant solennel.

Hésitations

Sur un sentier pédestre, entre des arbres centenaires à perte de vue, Sybelle pose son panier en osier et siffle pour rappeler à l'ordre son border collie qui vagabonde. Ces derniers temps, elle a besoin de solitude et sa chienne d'attentions. Le vétérinaire lui a précisé que l'animal dispose des mêmes gênes que les humains et qu'elle souffre de dépression aiguë, telle une mère ayant perdu son enfant. Pour la distraire, Sybelle multiplie les sorties dans des lieux inconnus, quitte à passer une heure de route en voiture. Elle s'en moque. Elle aussi a besoin de souffler, de penser à sa vie de femme et d'épouse. En réalité, elle est perdue, les sentiments qu'elle voue à son homme sont contradictoires, d'un jour à l'autre.

Lorsque Patrick lui passe un coup de fil, elle est capable de le supplier de venir de suite car elle crève de le voir, de le sentir, de le toucher, de le posséder ou, au contraire, reste sur la réserve et ne peut apporter de réponse quant à une éventuelle visite. Une relation saine doit être basée sur une envie réciproque de communication et non une attente unilatérale de partage. Souvent, cet homme perd pied mais a l'obligeance et la délicatesse de lui laisser le libre-arbitre de leurs rendez-vous. Il prend sur lui.

La chienne dandine activement son arrière-train. Elle semble ravie de découvrir un nouvel endroit, une nouvelle terre à fouler, de nouvelles ondes. Elle regarde sa maîtresse ramasser des cèpes et bolets, s'approche pour lui quémander une caresse avant de repartir au pas de course. Au détour d'un chemin, elle gratte le sol meuble de la forêt, y dépose ses excréments et rebouche le trou. Passage anonyme. Puis, elle marche pas à pas et, sans raison apparente, fait la folle et zigzague à travers les châtaigniers. Elle trébuche, tombe, se roule sur le tapis de mousse, se relève en éternuant pour remettre ses esprits au clair. La vie est belle au grand air et l'empêche de ruminer son passé. Elle jette un œil à cette femme qui rigole de ses galipettes et jappe joyeusement.

Sybelle hésite devant un champignon. Elle ne sait pas s'il est comestible. Elle l'inspecte minutieusement, le pose dans son panier avant de le retirer. Pourquoi prendre un tel risque ? Elle le jette à ses pieds et l'écrase. Une bonne odeur s'en dégage. Elle aurait dû tenter le coup. Tant pis. Sybelle pense à Patrick et ne sait que faire car une petite voix lui dit qu'il lui ment, qu'il a vécu des aventures avec d'autres femmes, ne serait-ce qu'une. Elle connaît son homme qui n'a jamais été un abstinent pratiquant et ne le voit pas tenir la distance sur presque une décennie. Elle souhaiterait qu'il avoue de lui-même, quitte à souffrir de l'existence d'un bébé. Rien ne vaut la vérité, même si elle peut décevoir. Après tout, d'un autre côté, si cette femme n'avait pas eu les trois enfants à gérer à plein temps, elle aurait pu également user de ses charmes ou y songer.

Sybelle, femme entière et de principe, s'est mariée devant le maire puis le curé du village avec Patrick, pour la vie entière. Pour elle, le sacrement du mariage a une valeur inestimable. Elle croit en l'amour éternel mais, aujourd'hui, a besoin de savoir la vérité pour pouvoir avancer. L'autre soir, elle l'a vu sortir de la maison de son voisin et se dit qu'il a pu s'épancher d'un secret trop lourd à porter. Elle regarde sa montre, se remémore l'itinéraire du retour et envisage de montrer sa cueillette à Gaspard pour lui donner sa part. Son allié pourrait sans doute lui livrer quelques précieux indices.

Au loin, un daim moucheté s'alimente. Ses bois de belle envergure lui donnent une allure royale. Après chaque bouchée, il relève la tête pour épier tout intrus dans son domaine. La chienne lève la truffe, hume son odeur mais ne bouge pas. Sybelle lui caresse la tête puis lui donne une friandise pour la féliciter.

Confidences

L'ancien sort profiter d'un rayon de soleil pour arpenter son lopin de terre qu'il cultive avec entrain à la belle saison. Il pense qu'il pourrait planter deux à trois pieds de tomates de plus que les années précédentes puisque les enfants de Sybelle grandissent. Il songe également qu'il a été idiot de ne pas avoir pris le temps de procréer. Il aurait sûrement à l'heure actuelle des petits-enfants et ses journées seraient bien moins monotones. Il lève la tête, admire ses mains craquelées par le froid et l'humidité, de vraies paluches de maraîcher. Irrité, il masse ses narines pour les décongestionner et faire disparaître la sensation de gêne. Il renifle, se racle la gorge et crache par terre. Il aurait envie d'arracher ce nez qui l'empêche de garder la position penchée. Il relève son buste, pince puis libère ses narines pour en évacuer la morve.

— Salut Gaspard, ça gaze ?

Le vieillard ne peut répondre tant il est occupé à dégager ses sinus. Patrick avance et sourit en voyant cette incroyable scène qui lui offre l'image de son grand-père décédé.

— Décidément, les fuites ça vous poursuit, si c'est pas votre machine à laver, c'est votre rhume qui vous tient.

— Bonjour fiston. M'en cause pas, j'en ai ras le bol, j'ai plus un mouchoir de sec. Je suis obligé de me moucher avec mes doigts. Si ça continue, je vais devoir prendre les pans de mes chemises. Tu imagines ? Il va falloir me faire interner, ce serait bien mieux.

— Ne parlez pas de malheur, cela arrive bien plus vite qu'on le voudrait. Et votre machine, elle se vide bien ?

— Très bien. Je t'avoue qu'elle vidange beaucoup plus que moi qui cours aux waters et, arrivé sur place, l'envie est passée.

— Mon pauvre, la vie n'est qu'une résolution de problèmes à la pelle. Pas facile tous les jours.

Les hommes s'échangent un regard avec l'impression de se connaître depuis longtemps. Patrick lui parle de ses grands-parents qui lui manquent, des vacances sur la côte d'Azur, des sorties en bateau, des cornets de glace... Il aurait voulu leur dire merci pour tout l'amour reçu. Il est trop tard. Seuls les regrets restent.

— Tu as encore tes parents, j'ai cru comprendre, non ?

— Oui mais ce n'est pas comparable.

— Tu as fumé la moquette ? Les parents, les grands-parents, c'est du pareil au même, c'est la même famille, le même sang.

Patrick tire de la poche arrière de son jean un mouchoir en tissu. Il le lui tend en adoptant un visage le plus neutre possible.

— Merci fiston.

— Pas de quoi chef.

Gaspard se mouche, ferme les yeux pour faire venir à lui des idées claires. Son visiteur reste silencieux, attend que le soin nasal soit terminé. Il admire Sybelle, à son balcon, qui semble perdue dans ses pensées. Une mélodie vient à l'esprit du vieux mais il se tait. L'instant est magique.

> *" Une demoiselle sur une balançoire,*
> *Se balançait à la fête un dimanche,*
> *Elle était belle et l'on pouvait voir,*
> *Ses jambes blanches sous son jupon noir [2]. "*

Patrick positionne son pouce et son index en bouche. Il siffle intensément, passionnément, éperdument. Sa femme relève la tête. Elle perçoit ce sifflement, souvenir de son adolescence où elle devait faire le mur pour le rejoindre. Son cœur bat la chamade. Elle se mord la lèvre sinon elle serait capable de venir à lui. En chemise de nuit, Sybelle lui rend son signe de la main et rentre prendre une douche froide. Cela vaut mieux.

— Vous vous aimez tous les deux.

— De mon côté, c'est une certitude. Elle, je sais pas. Un jour c'est oui, un jour c'est non, un jour c'est sans doute, un jour c'est peut-être, un jour c'est demain, un jour c'est jamais, un jour c'est pressé, un jour c'est plus d'actualité, un jour on verra. Bref, elle m'emmerde tu peux pas imaginer à quel point. Il y a certains jours où je regrette d'être revenu et me dis que j'aurais dû rester sous mes cocotiers à boire mon rhum ananas sous un soleil de plomb car au moins je comprendrais pourquoi j'ai si mal à la tête !

— Il faut lui laisser le temps, c'est compréhensible. Elle ne veut pas s'attacher de peur que tu l'abandonnes une nouvelle fois. Elle a souffert de ton absence, tout autant que tes enfants.

— Merci, j'ai compris mais qu'est-ce que vous voulez que je fasse ? Les faits se sont passés ainsi et je ne peux pas faire marche arrière pour revivre ces années perdues.

— Bien sûr mais je vais te dire une chose importante. On fait abstraction du passé et on imagine que ton périple en Afrique n'a jamais existé. Tu n'as jamais quitté ton foyer, le rêve. Eh bien, je parie qu'à l'heure actuelle, tu serais séparé, divorcé ou en instance de divorce comme la majeure partie des hommes de ton âge.

— Il ne manquait que ça pour me remonter le moral.

— Regarde la vie en face, les couples ne tiennent pas sur la durée. Chaque personne évolue à son rythme et est sur terre pour vivre des expériences. Alors, soit par chance les deux suivent la même direction par conviction ou parce que l'un se la boucle et c'est parfois l'hôtel des culs tournés qui prévaut ou l'un se barre d'un côté, l'autre de l'autre et là c'est la fiesta tous les soirs avant de crever tout seul dans un trou comme un rat d'égout parisien.

— Eh bien quel programme ! Vous n'avez pas une corde que je me pende ?

— Je déconne, viens donc par là fiston, j'ai encore du bon vin dans ma cave qui n'attend que toi.

— Vous croyez ?

— Tu m'en veux pas j'espère ? Il faut relativiser. Dans la vie, si tout était réglé comme du papier à musique, ce serait triste.

— De toute façon, on me retrouvera mort dans mon appart un de ces quatre comme un vieux con.

— Arrête de délirer, le vieux con c'est moi !

— Je ne plaisante pas, Gaspard. Je cohabite avec un cancer et dois le traiter par la chimio, raison pour laquelle je n'ai plus un seul cheveu sur le caillou.

L'ancien lui jette un œil perdu. Il ne s'attendait pas à une telle nouvelle. Il pense que la vie est injuste et mal faite. Parfois, il espère en finir avec cette existence trop insignifiante et rêve de ne pas se réveiller le lendemain matin. Là, devant lui, un homme à la force de l'âge se bat jour après jour, nuit après nuit, contre une maladie à l'issue tragique à plus ou moins long terme.

— Allez à ta santé ! Tout va s'arranger, tu verras. Mon vin vaut bien plus que les meilleurs remèdes. Ton médecin ne sait pas plus que moi le reste du temps que t'as à vivre. Tu peux mourir demain ou dans vingt ans, personne ne peut prédire l'avenir. Du moment que le cœur est bon et tient le coup, c'est le principal.

— Si seulement c'était vrai...

— Fiston, promets-moi une chose, tu m'as parlé de tes aïeuls qui ne sont plus de ce monde, que tu voulais remercier et leur dire que tu les aimais. D'après moi, tu dois le faire face à ta mère, ton père, Sybelle et tes enfants. Il faut savoir savourer le temps présent et ne rien garder sur le cœur. C'est essentiel.

— À quoi bon ? Ils le savent.

— Je vais te raconter mon histoire car moi aussi j'ai gardé mes distances avec mes parents car j'en avais marre de les entendre me sermonner que ce n'était pas chrétien la vie que je menais. Mes divorces, cela leur faisait du tort au fond. Les rumeurs et les bruits de couloir peuvent fusiller une famille sur plusieurs générations et moi je le savais pas. Sur le lit de mort de ma pauvre mère, je lui ai avoué que je l'aimais. Tu sais ce qu'elle m'a répondu ?

— Non.

— Merci, nous aussi on t'aimait, surtout ton père, il t'adorait et aurait dû mettre sa fierté derrière son dos. Là, elle s'est éteinte après trente ans de silence. Quel gâchis !

Gaspard s'écroule en pleurs. Allongé sur le ciment froid, son corps oscille entre soubresauts, frissons et tremblements. La crise de nerfs est à son apogée. Le délire paranoïaque n'est pas loin. Le verre de Patrick se fracasse. L'émotion le gagne, il ne sait comment réagir... Doit-il se mettre à genoux pour l'aider ou alors alerter quelqu'un de plus expérimenté ? Il réfléchit. Assis dans un coin de cette cave, il attrape son portable et compose le numéro des pompiers avant de raccrocher à la première sonnerie. Peu utile. Gaspard n'est pas à l'agonie. Il s'est seulement délesté d'un poids qu'il n'avait jamais avoué à personne et encore moins à lui-même. Patrick se lève, agrippe au goulot une bouteille entamée et la vide d'un trait. Après tout, les anciens sont de bons conseils.

Après l'orage, Gaspard se calme. Il pose ses deux paumes au sol, comme s'il voulait prendre racine. Il renifle et marche à quatre pattes pour faciliter la circulation sanguine.

— Dites, ça va mieux chef ?

Le retraité lève la tête, se déplie et prend place sur son séant en bâillant intensément.

— Ouais, je crois que je vais bien dormir ce soir.

— Tant mieux ! Il est très bon votre petit cru. J'ai rarement bu du vin aussi sucré, aussi parfumé, aussi merveilleux en somme. Par contre, désolé, je vous ai pas attendu, j'ai fini la bouteille.

— Tu as bien fait. Aide-moi donc à me relever. Je dois faire avec des genoux capricieux en ce moment. Avec toute l'humidité dans l'air, je ne suis pas aidé.

— Je suis navré, je n'ai rien fait pour vous…

— C'est sûr, tu n'as rien fait pour m'achever !

Devant le visage incrédule de son visiteur, Gaspard éclate d'un rire franc et nerveux. Il est revenu à la vie.

— Au fait, il ne s'est rien passé ici, d'accord ?

— Franchement, je sais pas de quoi vous parlez. Je passais par là et me suis dit que j'allais aux nouvelles. C'est bien simple, je viens juste d'arriver, à l'instant. Comment allez-vous Gaspard ? Et cette sacrée machine à laver, elle tourne comme il faut ?

— Ne m'en parle pas, un jour c'est la machine qui veut plus pisser, un jour c'est moi qui pisse de traviole et bientôt ce sera toi qui pisseras dans mon jardin.

— Ce n'est pas demain la veille, je n'oserai pas.

— Et si c'est moi qui t'en donne l'autorisation, affirme t-il en levant son verre à l'amitié.

— Ce serait différent mais c'est pas mon genre.

— Fiston, enlève tous les freins qui t'empêchent de tourner en rond, fais ce que tu veux quand l'envie t'en prend. Ne demande l'aval à personne et fonce la tête haute. Le seul être important pour toi sur cette terre est toi-même. Applique cette devise et tu seras le plus heureux et le plus riche homme de France.

— J'essaierai d'y songer.

— Il faut que je te dise un truc avant d'oublier.

Le verre de Patrick penche gravement mais il tente de ne pas se faire remarquer.

— Pas grand-chose, trois fois rien. Sybelle est passée l'autre jour pour me tirer les vers du nez à ton sujet.

— Oh merde !

— Ne t'inquiète pas, je ne lui ai rien dit de spécial.

— Je suis foutu.

— Mais non, j'ai dit que toi aussi tu avais galéré et que tu étais comme ainsi dire rentré dans les ordres.

— Dans les ordres, en voilà d'une autre histoire !

— Je te fais marcher. Sybelle n'est au courant de rien. Je lui ai dit que tu étais courageux de faire de l'humanitaire dans de telles conditions. Dormir sous les moustiquaires et aider les médecins sur place, comme tu as pu avec les moyens du bord. La logistique est tout aussi précieuse que les bras soignants et les éducateurs.

— C'est vrai, tu lui as dit cela ?

— Parfaitement. Tu me tutoies maintenant ?

— Euh non pas du tout, ça m'a échappé chef.

— Nous sommes amis donc soit tu me dis tu, soit bye bye.

— Dans ce cas, ressers-moi un verre ! Merci d'avoir relaté que le côté professionnel du périple.

Gaspard s'approche de Patrick, lui pose ses mains noueuses sur les épaules et plonge son regard expérimenté dans le sien.

— Sybelle t'aime et n'a jamais cessé de t'aimer depuis le jour de votre mariage. Toi aussi. Donc tes parties de jambes en l'air n'ont jamais existé. Il s'agissait de simples fantasmes aucunement répréhensibles par la loi. Allez, tu as assez bu, la meilleure solution est de partir te coucher. Bien sûr, tu viens te perdre dans ma cave quand tu veux. Tu es ici chez toi.

— Merci Gaspard. À bientôt.

— De rien et promets-moi d'inviter Sybelle à dîner dans le restaurant où vous aviez vos habitudes de célibataires.

— Je ne pense pas que ce soit possible.

— Saperlipopette, fais un effort !

— Notre restaurant d'hier est devenu des pompes funèbres.

— De la viande froide à manger, que c'est romantique !

Dehors, la pluie fouette la terre pour la laver, la décrasser et la purifier en profondeur. Le vent siffle et tourbillonne. Les arbres agitent leurs branches et courbent leur cime. Gaspard invite Patrick en cuisine pour partager une omelette baveuse, sa spécialité.

Faiblesses

Adèle frappe et patiente devant la porte de Gaspard qui lui ouvre et la dévisage. Il ne s'attendait pas à sa visite.

— C'est nouveau, tu m'obliges à venir ?

— J'avais peur que papa soit là. Son auto est devant.

— Tu n'as pas l'air en forme. Je me trompe ?

L'émotion lui monte à la gorge. Elle se jette dans ses bras, pleure en marmonnant des paroles indéchiffrables. Puis, elle renifle avant de presser le poing contre sa bouche pour repartir dans de nouvelles explications inintelligibles.

— Tu sais, à ton âge, j'avais des tracas qui n'étaient pas de vrais soucis en fin de compte. Pour tes résultats scolaires, ta mère sait comme moi que tu fais ton possible. Donc même si ton bulletin est cahin-caha en ce moment, c'est pas la mort, tu réussiras dans la vie et ça t'empêchera pas de vivre. Avec tes yeux de biche, tu feras des ravages et auras l'embarras pour choisir le bon parti. Ne sois pas trop exigeante quant à son physique, il faut trouver le bon gars travailleur et propre sur lui qui saura te donner de beaux enfants. Du moment que vous arrivez à vous accorder au lit, c'est le principal. Le reste n'a que peu d'importance.

— Si c'est grave. Mon bulletin, ça peut passer mais le reste c'est horrible, je suis maudite !

— Qu'est-ce que tu me chantes encore ?

La jeune femme court aux toilettes et revient cinq minutes plus tard en grimaçant.

— Mais qu'as-tu à la fin ?

— J'en ai marre. Je passe mon temps à vouloir aller au petit coin et une fois sur place, ça brûle et rien ne vient. Maman a dit que c'était une infection urinaire.

— Une cystite, ben voyons. Je comprends mieux pourquoi tu es blanche comme un cachet d'aspirine. C'est la fatigue qui te tire sur la couenne. Il faut te forcer à boire et cela passera. Demain, il n'y paraîtra plus. Ta mère t'a emmenée consulter le médecin ?

— Non, tu sais comment elle est !

— Elle changera jamais. On peut voir avec ton père ?

— Certainement pas ! Maman m'a donné des gélules à base de plantes. Elle a dit qu'on n'en parlera plus dans trois jours.

Sans un mot, Gaspard se dirige vers son buffet de cuisine, ouvre un tiroir et sort un morceau de sucre. Il attrape une bouteille d'eau-de-vie et l'humidifie.

— Avale-moi ça. Il faut combattre le mal par le mal !

Elle hoche négativement la tête. Puisque l'ancien insiste, elle accepte et va aux cabinets pour s'en débarrasser en douce. Gaspard n'est pas dupe. Adèle n'est plus la petite fille qui éclatait de rire pour une simple grimace ou un pet bruyant.

— Je pensais te faire plaisir. D'habitude, c'est toi qui me les réclames mes sucres médicaments.

— J'ai pas envie. Ton alcool, ça brûle la bouche.

— Si tu le dis.

Gaspard a bien une idée sur le mal qui la ronge mais ne veut pas la chagriner en parlant de Daniel. Six mois après, il sait que la rupture est loin d'être digérée.

À l'extérieur, le ton monte. On crie, on hurle, on se tire les cheveux, on se tape sur les nerfs, on demande pardon, on reçoit des coups et on parle plus fort que l'autre. On humilie sa moitié.

— C'est quoi cette scène de ménage en public ?

— Mes vieux me fatiguent, soit ils se dévorent du regard à la limite de me donner la gerbe, soit ils s'engueulent.

— Pourquoi ton père se laisse incendier de la sorte sans rien dire ? Cela me dépasse. Un homme doit porter la culotte dans un couple et non l'inverse.

— Il n'a pas trop le choix.

— Pourquoi ça ?

— Tu ne connais pas la dernière ?

— Si personne ne me dit rien, je peux pas deviner.

— Tu vas rire, papa a deux poules en Afrique.

— Oh le con ! Je lui avais pourtant dit de se la boucler.

— Tu le savais ?

— Euh oui, euh non… Tu m'embêtes avec tes questions.

Adèle reste stupéfaite. Les yeux dans le vide, elle est tiraillée par des questions sur sa vie amoureuse. Elle espère ne pas avoir à supporter le quart de ce qu'a dû porter sa mère. Soudain, son père débarque dans la cuisine, le visage tuméfié.

— Bonjour. T'es là, toi. Je croyais que tu étais au lycée.

— Je n'ai pas pris le car ce matin, je suis malade.

— Salut l'ami. Bah alors, il y a de l'eau dans le gaz ?

— Je vous laisse, lance Adèle en tournant les talons.

— Reste, ce que je vais confier te concerne. Je veux te dire au revoir ou adieu, je sais pas. Sache que j'ai été heureux de vous retrouver tous les trois en bonne santé et que, rien que pour cela, un grand merci à ta mère. Pour ma part, depuis mon retour, j'ai voulu me faire une place à vos côtés mais pour moi, c'est fini. Je dois garder mon énergie pour combattre mon cancer. De toute façon, cela ne changera rien à ta vie car tu ne peux pas me sentir.

La jeune femme boit les paroles de son père et le dévisage. Surprise, elle découvre un homme pratiquement à nu qui se livre sans détour, sans la moindre animosité. Un pincement au cœur la sidère sur place. Elle prend à nouveau la direction des toilettes.

— Qu'est-ce que j'ai encore fait de travers ?

— Elle va revenir. Tu as bien fait de lui exposer les choses. Elle devait les entendre de ta bouche. Attention, garde le contact avec tes gosses. Ils n'ont pas demandé à naître. Par contre, t'es pas forcé de supporter les colères de Sybelle que je trouve déplacées. Si elle ne veut pas être tolérante, elle te mérite pas.

— Peine perdue. Seule, Garance saute au plafond quand elle me voit. Timothée préfère sa tablette et Adèle change de trottoir quand elle me croise sauf aujourd'hui chez toi.

— Allez fiston, cela va s'arranger avec le temps.

— Je n'en ai plus la force. J'enverrai des mandats à Sybelle pour qu'ils ne manquent de rien. Moi, je vais continuer ma route dans l'indifférence générale car tout le monde s'en moque.

Cachée dans le couloir, Adèle n'ose bouger et ne peut retenir les larmes qui arrivent par vagues. Depuis son enfance, tout n'est que rupture, elle rêve d'être majeure pour partir loin. Très loin.

— Merci Gaspard. Ravi d'avoir fait ta connaissance. Je pars serein car je sais que tu es là pour mes enfants.

— Papa, je ne veux pas que tu partes !

Patrick se retourne. Adèle se décompose sur place, le visage allongé par la tristesse. Il baisse la tête et se dirige vers la sortie. Il n'a plus envie de quoi que ce soit. Il part le cœur lourd et blessé.

— Reste ici, je te dis !

D'un bond de désespoir, Adèle s'agrippe à sa veste et tente de ralentir ses pas, sa progression vers un nouvel abandon. Elle ne peut rien, sa décision est prise. Cet homme poursuit sa route. Il est déjà mort, plus personne ne peut le ramener à la vie.

— Patrick, déconne pas ! T'es en train de faire une connerie que tu regretteras demain.

Il jette un regard inanimé à Gaspard qui ressent la détresse de cet être rejeté par les siens.

— Chef, j'en ai plus rien à secouer ! J'ai tout donné, mon cœur, mon fric, mon temps, mon âme et tout le monde s'en cogne de mes projets. Tu trouves ça normal ? J'ai été honnête et droit dans mes bottes en avouant mes coups de canif au contrat de mariage à Sybelle. Je ne voulais pas changer de masque en croisant un miroir mais c'est une erreur, j'aurais dû agir comme un salaud en jouant du pipeau mais ça je sais pas faire.

— Papa, s'te plaît.

Assise par terre, Adèle est à ses pieds et ôte les lacets de son père. Elle ne veut plus bouger. Patrick éclate en sanglots, les nerfs lâchent. Il n'est plus que l'ombre de lui-même.

— Je t'en supplie, reste. Maman t'aime et nous aussi !

Gaspard le rapatrie dans son salon. Allongé sur le canapé, il tremble. Adèle cale un coussin sous sa tête et le couvre d'un plaid.

— Papa, je t'invite à mon anniversaire, le mois prochain.

— Ah bon ? Tu as quel âge déjà ?

— 18 ans, enfin presque.

Sur ces mots, Patrick ferme les yeux et s'apprête à dormir. Pour la première fois, Adèle l'embrasse sur le front. Puis, elle se couche sur le parquet et recroqueville son corps pour faire barrière au froid. Elle monte la garde.

Remue-ménage

Sybelle ne comprend plus rien. Depuis qu'elle a tiré un trait définitif sur Patrick, Adèle ne cesse de lui faire la leçon. Du matin au soir, elle implore son pardon. La jeune femme est pour le moins bizarre. Depuis la rentrée, elle ne sortait pas de sa chambre et, à ce jour, elle cherche les contacts à tout prix, quitte à réclamer par trois fois le menu du dîner. Quelle mouche l'a piquée ? Adèle se montre également plus encline à parler avec ses frère et sœur.

Depuis une dizaine de jours, cette femme voit ses enfants aller et venir au domicile voisin. Garance l'a rassurée, Gaspard va bien. Ensemble, ils préparent l'anniversaire. Une surprise. Sybelle trouve étrange qu'Adèle soit présente mais laisse faire, du moment que la fratrie semble heureuse. Pendant ce temps, elle honore une séance de relaxation. Le bien-être du silence.

Elle ne peut imaginer que Patrick a élu domicile en face de chez elle. Après une chute de tension, cet homme peine à se relever et ne sait comment remercier Gaspard. Chaque jour, il veille sur lui et prépare des repas salés pour retenir l'eau dans les artères. La sieste est monnaie courante entre deux visites.

— Papa, tu seras remis sur pied pour mon anniv ?

— Je sais pas trop. J'écoute toutes les directives du service infirmier. Ils me disent de profiter de chaque jour qui se lève.

Adèle espère une meilleure santé pour cet homme, son père qui se bat contre la maladie. Elle garde en mémoire les paroles du médecin qui lui a ouvert les yeux sur la vulnérabilité des liens qui unissent les êtres, lien qui peut disparaître à tout jamais un beau matin alors que tout semblait aller pour le mieux. Les épreuves de la vie endurcissent les hommes et les femmes. Relativiser chaque obstacle, améliorer l'estime de soi et en sortir plus armé pour faire face aux suivants. La jeune femme, qui a tant espéré sa majorité, a l'impression de s'être trompée. Erreur sur le but et la finalité de ses attentes. Que va changer sa majorité à sa vie ? Absolument rien.

Elle bâille, regrette de ne pouvoir s'allonger contre le torse de son père et s'endormir. Mission impossible. Depuis que Daniel a posé ses mains sur elle, son corps est toujours prêt à quitter son apaisement naturel à la recherche du plaisir, cette vibration qui la libère autant qu'elle l'emprisonne. Cet homme a su l'envoûter pour mieux la posséder en la dépossédant de son propre corps. Comme dirait Gaspard, la maladie est dedans, faut faire avec et cela vaut mieux qu'une patte cassée. Ces propos sont défendables, tout en gardant à l'esprit qu'un membre fracturé peut se ressouder et sera à l'endroit colmaté plus solide qu'auparavant, à l'inverse de l'hymen déchiré qui ne se reconstituera point. À cette heure, Adèle déteste Daniel, cet homme qui l'a draguée au sortir du lycée, au vu et au su de ses camarades et des passants.

Une semaine après, l'heure du grand ménage de printemps est arrivé. Sybelle ouvre en grand les fenêtres et laisse le soleil se faufiler dans la chambre d'Adèle où l'aspirateur avale la poussière derrière les meubles. Elle vide la corbeille et ne peut s'empêcher de regarder un cadre. Le bébé est à ce jour une belle jeune femme avec son caractère mais, dans l'ensemble, tout se passe bien. Cette mère souhaite que la cohabitation reste possible quelques années aux fins de l'accompagner vers sa vie d'adulte. Pour l'instant, rien ne presse. Sybelle regrette son départ prématuré. Elle voulait voler de ses propres ailes comme ses amies. Les unes se mariaient, les autres se lançaient dans de longues études, loin du foyer parental. Toute jeune, elle se voyait à la tête d'une famille nombreuse. Vingt ans après, le chiffre trois lui suffit amplement.

— Pourquoi as-tu grandi si vite ma petiote ?

Couchée sur le matelas sans âge, cette mère se maudit de ne pas avoir suffisamment de liquidités pour le remplacer. Elle prend son courage à deux mains et compose un numéro.

— Bonjour Patrick. Je souhaitais te parler de l'anniversaire d'Adèle qui approche. Tu m'as parlé d'une idée de matelas, je suis d'accord. Si ta proposition tient toujours, tu peux me contacter.

Pour ne pas gâcher la fête, elle pense tolérer sa présence à la condition que Gaspard accepte de se placer entre eux. Cette femme ne peut plus se contrôler. À sa vue, l'explosion n'est pas loin. Triste constat pour elle qui a cru pouvoir reprendre l'histoire où elle s'était arrêtée. Après réflexion, elle regrette ce message. Si elle le pouvait, elle le supprimerait. Maintenant, elle va devoir patienter son appel, en espérant qu'il ne déborde pas du sujet imposé.

— Chef, Sybelle ose me réclamer l'achat d'un matelas neuf dont elle ne voulait pas entendre parler le mois dernier.

— Elle ne peut pas le payer toute seule son matelas ?

— C'est pour Adèle.

— Dans ce cas, c'est différent. Si tu lui avais proposé, ton idée a fait son chemin. C'est bien, non ?

— Elle balance ça comme un sac de patates, sans prendre la peine de s'excuser de mon passage à tabac de l'autre fois. Elle peut attendre la saint-glinglin pour me voir rentrer chez elle.

— Tu as promis à ta fille qui a réussi à faire lâcher sa mère, alors faut y aller pour sauver les meubles. Pas le choix.

— Hors de question !

— Fais à ta guise, moi je ne sais plus quoi te dire.

Gaspard ouvre le tiroir d'un guéridon et en sort une carte de visite qu'il tend à son visiteur. Patrick a rassemblé ses affaires et compte retourner chez lui, après une séance de chimio.

— Prends contact avec mon avocat. Il a l'habitude de régler les divorces en deux temps trois mouvements. Il doit toujours être en activité, il me semble.

— Je ne veux pas visiter les tribunaux.

— Pourquoi tu me casses les oreilles avec vos histoires ? Soit tu la couches et t'installes chez elle, soit tu prends tes cliques et tes claques et tu imposes le divorce. Un point c'est tout.

— Pourquoi veux-tu un jugement alors que d'ici quelques mois, quelques années tout au plus, je vais crever ?

— Il y a des jours où je préfèrerais être sourd. Ton cancer est dans ta tête. Secoue-toi, prends les bonnes décisions et arrête de te positionner en qualité de victime. Qui porte la culotte chez toi ? De mon temps, un homme chiait pas dans son froc. C'est intolérable.

Patrick attrape son blouson en jean et claque la porte derrière lui. Il en a marre de sa vie. Il monte dans sa voiture, fait vibrer le moteur pour le réveiller de son long sommeil et part, la musique à fond. Au bout de trois kilomètres, il rebrousse chemin, s'arrête au milieu de la route et entre chez Gaspard sans frapper.

— Merci pour ton hospitalité. J'ai passé de bons moments chez toi. Si tu as besoin, fais-moi signe et je viens.

— Fiston, bonne chance, ma porte te reste ouverte.

— Je n'y manquerai pas. À la revoyure mon capitaine !

Gaspard sourit. Il sent que cette conversation ne restera pas sans effet. Il le comprend au son de sa voix.

— Et pour Adèle, je lui dis quoi ?

— Qu'elle peut compter sur moi, je serai présent.

— Ok, la commission sera faite.

Sous le regard de l'ancien, Patrick monte dans son véhicule, démarre, accélère, recule puis se gare sur le bas-côté.

— T'as oublié quelque chose ?

— T'as raison, c'est moi qui dois porter la culotte ! Pour qui elle se prend cette idiote ? Je vais lui apprendre à vivre.

Patrick marche d'un pas assuré dans l'allée. Il redresse le buste autoritairement. Sa confiance en lui l'accompagne.

— Vas-y mollo, ne fais pas de bêtises !

L'homme continue sa trajectoire, en levant un bras en l'air. Il s'en moque bien des répercussions. Au point où il en est, quelle importance ? Il appuie lourdement sur la sonnerie.

— Bonjour. Tu es là. Merci.

— Salut.

— Je suppose que tu viens suite à mon message. En passant l'aspirateur dans la chambre d'Adèle, j'ai vu que son matelas était défoncé. C'est bête.

— L'autre jour, le matelas était nickel et, aujourd'hui, il est hors d'usage. Tu te fous de moi ? Tu crois que je vais gober toutes tes histoires et dire amen à toutes tes envies et répulsions ? Un jour, tu me caresses pour me dépouiller de mon argent et le lendemain tu me frappes pire qu'un chien galeux !

— Si t'es pas d'accord pour cet achat, pas de problème, je m'arrangerais autrement. On peut se parler sans crier.

— C'est la meilleure ça, madame je sais tout voudrait que je garde mon calme !

Pour paraître invisible, Gaspard reste en adoration devant les bulbes autour de son habitation. Qu'elles sont jolies ces fleurs cette année, incroyable de voir la nature se régénérer et resurgir à chaque printemps. On pourrait penser que les oignons en terre vont pourrir par l'excès d'humidité et la coriacité du gel. Il n'en est rien.

— Pourquoi tu veux fêter l'anniversaire d'Adèle en-dehors de la maison ? Il y a assez de place ici et tu es le bienvenu. Ta fille tient à ce que tu sois là, je n'irai pas à son encontre. Nos différends nous sont propres. On peut agir en adultes, non ?

— Tu veux rire ? Tu parles d'adultes alors que tu m'as tabassé comme une charogne. Même mon père ne m'a jamais cassé la gueule alors qu'il y avait matière mais lui savait qui j'étais et ce que je valais. Toi, tu ne vois que la face qui t'intéresse, l'autre n'existe pas. J'aurais dû aller à la gendarmerie porter plainte contre toi. Sans l'intervention de Gaspard et des enfants, qui sont venus me veiller tous les soirs, tu serais veuve à l'heure actuelle. Une chance pour toi, tu me diras car tu aurais ainsi touché mon héritage et pourrais le dilapider. C'est cela que tu cherches ?

Sybelle reste aphone et semble absente de cette scène qui sort de nulle part. Elle ne savait pas que son époux avait séjourné chez Gaspard. Elle avait bien repéré sa voiture qui ne bougeait pas mais Adèle lui avait parlé d'une panne en attente de pièces.

— Oui madame, un médecin m'a prescrit huit jours d'ITT pendant que tu continuais ta vie, joyeuse de préparer tes repas à la noix et te cloîtrer dans ton monde spirituel à la con. Je préfère de loin ma vie à la tienne car je me bats pour me maintenir en vie pour voir mes enfants grandir tous les jours. À l'inverse, tu t'isoles en méditant de plus en plus longtemps pour oublier la présence de tes gamins qui t'ennuient.

— C'est ainsi que tu me vois, sérieux ?

— Tes enfants vivent sous ton toit mais tu ne partages rien avec eux. Tu vis dans un monde parallèle, hermétique aux autres. Même Garance se plaint que tu prends plus la peine de l'emmener en promenade. Lorsque tu sors, c'est avec ton chien. Point final. Lui est bien mieux loti que ta propre fille, ouvre les yeux !

— Ce n'est pas vrai, on sort ensemble !

— Où ça ? Au bourg, acheter des patates et des oignons. Tu appelles ça des sorties ludiques ? Où est passée la femme que j'ai épousée, qui voulait treize bébés à la douzaine comme les sardines et qui trouvait toujours des idées de balades fantastiques ? Adèle et Tim ont eu une bonne maman mais Garance n'a que l'ombre d'une mère. Et encore, c'est à voir, cela dépend des jours.

Sybelle suit le mouvement d'un nuage. Elle n'a plus de mot pour expliquer l'inconcevable. Elle ne peut rien prononcer. Aucune excuse ne serait à la hauteur de l'attente de Patrick. Elle l'aimait pour cette raison, son intransigeance, sa haute estime des relations intrafamiliales et son besoin d'osmose conjugale intouchable.

— Pardon pour l'autre jour. Je n'étais pas dans mon état normal. Tu m'as tuée en me parlant des deux filles.

— J'ai pas envie de remettre le couvert à ce sujet. J'aurais dû écouter les conseils des gars, en apparence blancs comme neige, qui trompent leur femme et vivent une double vie sans rien dire. Je regrette mon honnêteté, j'aurais dû être le salaud que tu méritais !

— Tu me déçois. Tu étais l'homme de ma vie et tu as tout gâché. Avant ton départ, j'étais fière d'être ta femme.

— Sybelle, regarde-moi dans les yeux !

La femme se débat. Elle refuse de placer son regard dans le sien. Les mains sur ses épaules l'incommodent.

— Putain, ne m'oblige pas à élever la voix ! Tu sais que c'est pas dans ma nature. Zieute-moi deux minutes, pas plus.

Cette femme n'obtempère pas. Une voix lui murmure qu'elle n'est plus apte à entendre quoi que ce soit. Elle voudrait repousser cette discussion à plus tard. Demain, après-demain, qu'importe du moment que ce ne soit pas aujourd'hui.

— Tant pis pour toi. Que tu le veuilles ou non, ma décision est prise. Dimanche, je viendrai fêter l'anniversaire d'Adèle qui te ressemble comme deux gouttes d'eau à son âge. Prépare-lui la plus joyeuse fête qui soit car ce sera la dernière fois qu'elle aura ses parents réunis. Après, je les verrai à l'extérieur, tu entends, j'aime mes enfants, ils m'aiment et toi tu me dégoûtes !

— Tu ne peux pas dire cela !

— Laisse-moi finir. C'est pas la peine de lever les bras au ciel, il ne peut plus rien pour toi. J'ai pris contact avec le meilleur avocat de toute la place publique, pour défendre mes intérêts sans bannir les tiens. Il va préparer les papiers et tu n'auras plus qu'à les signer. Pour les enfants, ils restent chez toi mais je les prendrai souvent. Ce n'est pas compliqué.

— Je ne suis pas d'accord, je veux pas divorcer ! Tu es mon mari pour la vie. On s'est dit oui devant monsieur le curé, c'est un sacrement indéfectible, je te rappelle.

— Laisse tes bondieuseries au placard. Il m'a fallu du temps pour ouvrir les yeux sur l'inévitable. Je dois avancer, notre mariage est délétère à ma santé et à mon équilibre. Donc, avale ta fierté et offre ton plus beau sourire aux gosses à leur retour ce soir.

Sybelle se jette à son cou et tente de l'embrasser. Elle ne l'aura pas, ne l'aura plus à ce petit jeu-là. Patrick court à sa voiture qui démarre au quart de tour. Il se sent léger comme une plume.

Préparatifs

Après une énième nuit blanche, Sybelle ne réussit pas à faire disparaître cette barre qui appuie de toutes ses forces sur son front et ses tempes. Le thé n'arrive pas à chasser l'intrus. Elle est obligée de retourner au lit. Timothée gratte à sa porte et ne comprend pas ce qui se passe car sa mère n'est pas adepte des grasses matinées.

— Maman, maman !

Elle ouvre un œil, fronce les sourcils pour saisir les paroles de son fils. Elle répond oui pour avoir la paix. L'adolescent n'en revient pas, sa mère vient d'accepter sans broncher. Une première. Elle est cool quand elle veut. Il attrape son sac à dos, saute dans ses baskets et s'apprête à quitter les lieux.

— Tu vas où Tim ?

— Je t'en pose des questions ?

— C'est juste au cas où maman demande où tu es.

— Inutile. Elle m'a dit oui.

— Oui à quoi ?

— Ah ah ah, tu aimerais bien savoir hein ?

— Bah oui.

— Eh bien tu ne sauras pas.

— T'es nul !

— Salut ma petite frangine adorée, à demain si je retrouve le chemin de la maison.

— À demain, ça ne va pas la tête ?

— Tout va bien, je pars en fiesta avec mes potes, youhou ! Viva la vida et la teuf, ohohohohoh, chante t-il à tue-tête.

— Descends de ton nuage, c'est l'anniv d'Adèle tout à l'heure. Tu peux pas te barrer.

— Garde-moi du fondant au chocolat, ça me suffira ! Mon pote m'attend dehors. Hasta luego.

— Papa sera déçu.

— Pas grave, je le verrai une autre fois. Ce que tu peux être lourde quand tu t'y mets !

Timothée lui balance une sucette pour la faire taire et part en laissant la porte béante. Garance la fermera. Il faut bien l'occuper. Lorsqu'il sort, il laisse souvent une lampe ou la télévision allumée dans sa chambre pour voir si son absence est visible. Sa mère ne manque jamais de le rappeler à l'ordre, ce qui le rend heureux. Son pari est gagné et il le fait savoir à ses amis sans plus tarder. La famille est un sujet de conversation universel et intarissable.

Une mobylette grogne bruyamment. Les adolescents parlent d'une voix portante et rigolent pour un rien. L'un fait craquer une allumette. Ils crapotent. Timothée ne se cache pas car les volets de la chambre de sa mère sont fermés. Il jubile d'excitation de braver l'interdit devant chez lui, en totale harmonie avec son copain.

Gaspard constate le manège d'une fenêtre et ne sait pas s'il doit intervenir ou non. Toujours ce même dilemme. À chaque fois qu'il est témoin d'une scène plus ou moins litigieuse concernant les enfants de Sybelle, il se trouve dans l'obligation morale de mettre dans la balance le pour et le contre avant de trancher sans tarder.

> *" La taca-taca-taca-tac-tactique du gendarme,*
> *C'est de bien observer sans se faire remarquer.*
> *La taca-taca-taca-tac-tactique du gendarme,*
> *C'est d'avoir, avant tout, les yeux en face des trous* [3]*."*

L'ancien inspire de l'air, l'expire doucement avant de sortir. Fumer sous son nez, cela dépasse ses limites. Les deux jeunes ne l'entendent pas venir. Il saisit Timothée par le col de son blouson et tente de le soulever. Malheureusement, il pèse son poids. Alors Gaspard crie, sermonne et punit. La cigarette est balancée au fond d'un fossé. L'ami s'enfuit en poussant sa mobylette qui vient de caler. Il court à côté de son engin qui ne veut pas démarrer.

— Tu n'as pas mieux à faire que des conneries plus grosses que ta tête à trois heures de l'arrivée de ton père ?

— Maman a donné son accord.

— Ta mère est certainement ravie pour la fumette. Tu te fous de ma trombine, c'est le pompon de la pomponnette !

— Promis, juré, craché, elle veut bien que je parte avec mes potes en week-end.

— Tu m'étonnes. Ta mère prépare l'anniversaire de ta sœur depuis le début de la semaine et toi, tu veux te carapater.

— Pfft. T'es pas drôle.

— Toi non plus, tu ne me fais pas rire. Cet incident restera entre nous, j'ai rien vu, rien entendu à condition que tu cours aider ta mère en cuisine. Hier au soir, elle m'a dit qu'elle avait du boulot ce matin, raison pour laquelle elle n'a pas pris le temps d'ouvrir ses volets de chambre à coucher, je suppose.

Timothée ne bouge pas devant cette figure masculine qu'il respecte. Il lui rend rarement visite mais sait que Gaspard peut arrondir les angles en cas de bras de fer avec sa mère, notamment.

— Maman est encore au lit.

— Elle est malade ? Il ne manquerait plus que ça.

— Je sais pas. Elle m'a parlé derrière sa porte.

— Tu as compris de travers, pas étonnant.

— C'est pas vrai. Elle m'a dit oui, je te jure !

— Sacrebleu, ne jure surtout pas malheureux !

— Je m'en fiche. Je ferai ma sortie le week-end prochain.

— Avise-toi à découcher et tu verras de quel bois se chauffe le vieux bouc que je suis !

— Bon bah moi, j'y vais, j'ai mes devoirs à faire.

— Va plutôt épauler ta mère.

L'adolescent ne s'éternise pas. Garance l'attend à la porte et se moque de lui. Elle a tout vu, tout entendu et saura s'en servir, si besoin. C'est primordial d'avoir une cartouche en réserve.

— Dégage de mon passage, pissouse !

— Te revoilà déjà, le bolos qui s'est fait choper.

— Ta gueule, femmelette !

— C'est toi qui le dis, c'est toi qui l'es, bolos !

Dans le couloir, Sybelle tient sa tête entre ses mains. Son crâne semble coincé dans un étau. Sa migraine n'a pas cessé. Au contraire, elle s'est amplifiée au fil des heures. La venue de son époux ne l'enchante pas. Elle a essayé de lui écrire un texto mais, à chaque fois, l'a supprimé. Les dés sont déjà jetés, elle ne le voit pas revenir sur sa décision de divorcer. Patrick est un homme de parole. La veille, il a fait livrer un matelas et a passé commande pour ses deux autres enfants. Pas de jaloux.

Timothée rentre dans sa chambre, s'enferme à clé et met la musique à fond. Il a besoin d'évacuer la frustration de ne pas être sorti. Il attrape son portable et adresse des messages à sa bande de copains. Aucune réponse. La journée bat son plein, ils ont décidé une aventure en canoë-kayak de dernière minute et affrontent les rapides en dehors du périmètre autorisé. Pourquoi sortir l'artillerie lourde s'il faut se contenter que des environs paisibles ? La vie n'est acceptable que si l'adrénaline les tient en haleine sinon il vaut mieux rester au lit la journée durant. Timothée s'ennuie. Il toise du regard son punching-ball, l'insulte et le frappe. Un grand coup pour sa mère qui ne comprend rien à rien, un second pour son père qui ferait bien mieux d'aller voir ailleurs au lieu de fricoter avec sa mère, au risque de s'installer ici. L'adolescent ne verrait pas d'un bon œil d'avoir deux yeux de plus à le surveiller sous ce toit.

Garance fourre toujours son nez partout et est au courant de tout ce qu'il voudrait garder secret. Impossible d'avoir un semblant d'intimité dans cette fichue baraque. Allez un grand coup pour elle aussi. Que dire d'Adèle qui a tous les droits et ne fait qu'à sa tête ? Mademoiselle vient manger quand ça lui chante à table avec eux et grignote sur la pointe des dents comme un rat souffrant. Allez vlan, un grand coup dans le punching-ball pour elle également. Et dire qu'à partir d'aujourd'hui cette gueuse est majeure et pourra donc faire tout ce qu'elle voudra sans aucun accord préalable. Il lève les yeux au plafond, se dit que la vie est faite à l'envers. La colère lui monte au visage tant et tant qu'il tape à nouveau de toutes ses forces sur le sac de frappe offert par son père à Noël. Quelqu'un toque à sa porte, il détourne son regard et vlan un coup dans le nez. Il est assommé et s'écroule sur le carrelage de sa chambre. Il ne répondra pas, ne répondra plus. Il est mort, cela leur fera les pieds.

Sous son lit, un miracle s'y cache. Timothée découvre un yoyo, oublié là depuis des années-lumière. Ses yeux pétillent de bonheur. Il rampe comme s'il était en mission dans les commandos de la marine, pince la ficelle entre deux doigts et l'approche de son visage. Il l'embrasse pour lui souhaiter le bonjour et joue à perdre haleine. Sa sœur en a marre de l'appeler et entre sans prévenir. Elle connaît l'astuce du tournevis dans la serrure pour la faire tourner et ne se prive pas d'en faire usage.

— Tu t'enfermes pour jouer au yoyoyoyoyo, quel bolos !

— Chouineuse, qui t'a permis d'entrer ?

Timothée se jette sur sa sœur et la chatouille jusqu'à ce qu'elle tombe à terre. Il l'emprisonne dans ses bras et la bécote le plus fort possible. Gagné, elle crie de stopper le massacre. Il ne lâche pas l'étreinte. Il bave sur ses joues. Elle hurle. En se débattant, elle réussit à s'échapper. Garance lui tire la langue puis lui claque la porte au nez. Grave erreur. Timothée l'ouvre en grande pompe et la suit dans le couloir en lui pinçant les fesses.

— Hein que la petite Garance, elle l'aime et elle l'adore son grand frère chéri adoré qu'elle idolâtre à la folie ? Elle ne peut pas vivre une seconde sans lui, hein petite chieuse ?

— Arrête de me toucher, bolos ! Va-t'en !

— Mais dis donc, c'est toi qui es venue m'embêter et là tu veux plus me voir. C'est pas très sympa de me faire des pirouettes.

— Fous le camp !

— D'accord mais à une seule condition, que tu ne viennes plus dans ma chambre. C'est privé, strictement interdit.

— Marché conclu, bolos !

— Bolos toi-même !

Le deal convient à Timothée, elle n'est pas prête à revenir. Mauvaise pioche. Garance fait une visite rapide à la cuisine et en sort, le sourire jusqu'aux oreilles. Elle va l'avoir sa vengeance à deux balles. Forcément, c'est la règle du jeu. Elle gratte à sa porte en miaulant. Timothée ne répond pas. Garance entend les coups contre le punching-ball. Décidément, son frère n'a absolument rien dans sa cervelle de moineau. Elle continue à miauler, à aboyer et même à rugir telle une lionne en furie. Elle a faim. Elle veut sa proie entre ses griffes de suite. Elle ne le loupera pas cette fois.

Lorsque Timothée ouvre la porte, elle lui tartine ses joues de confiture bien collante. Les fruits rouges dégoulinent dans son cou. Il est furieux et va l'étrangler. Les conneries, cela commence à bien faire. Il la course à travers toute la maison. Elle se faufile telle une souris poursuivie par un chat. Ses pas sont agiles et sa vision affûtée. Depuis le temps, elle est accoutumée au fait. Horreur. Devant la chambre d'Adèle, elle glisse. Ses pieds ont rencontré du linge que sa sœur n'a pas descendu à la buanderie. Timothée plonge sur elle, un rictus aux lèvres. Une aubaine. L'inévitable règlement de compte est arrivé. Il se cramponne à Garance et veut lui faire regretter son dernier geste. Elle est allée trop loin. Il va lui faire comprendre qui est le boss. Leurs deux corps ne forment qu'un, ils roulent telle une boule de bowling et finissent en strike aux pieds de Sybelle.

— Franchement, vous n'avez pas fini de vous chercher comme si vous aviez deux ans d'âge mental ?
— C'est elle qui a commencé, pas moi !
— Ce n'est pas vrai maman, c'est lui !
— Vous me fatiguez, arrêtez vos gamineries ! Je retourne m'allonger. Si je dors, laissez-moi tranquille. J'ai la tête en vrac. Tout est prêt dans le frigo, vous arriverez à vous débrouiller sans moi. De toute façon, vous aurez Gaspard et votre père avec vous.
— Maman, je vais te faire une bise miracle comme ça tu n'auras plus mal. Tu pourras venir avec nous et papa.
— Une autre fois, va plutôt te débarbouiller la goule.

— Mais je suis propre.
— Va te laver. Je ne veux plus rien entendre, ok ?
— Oui maman, répondent-ils en canon.
— Je viens de mettre deux gâteaux au four. Pouvez-vous surveiller la cuisson, ce serait cool ?
— Ne t'inquiète pas maman, Garance va s'en occuper.
— Eh le bolos, pourquoi moi plus que toi ?

Sybelle est étonnée. Sa petite dernière commence à montrer un caractère fort ces derniers temps. Cela promet.

— Je vais être obligée de demander à Gaspard de venir jouer au gendarme ?
— Inutile maman, file te coucher, je m'en occupe, intervient Adèle avec ses draps sales dans les mains.
— Très bien, arrête le four d'ici vingt minutes tout au plus.

Timothée recommence à chatouiller Garance qui dandine des reins et étouffe ses rires. Dans le couloir, elle trouve un balai et le met en position pour le frapper mais hésite. Il s'en saisit, casse le manche en deux et lui en donne la moitié. Tous deux chevauchent cette monture et hennissent, tels des trotteurs français.

Anniversaire

Gaspard et Patrick se présentent, l'un grimé en clown blanc et l'autre en auguste. Adèle sourit et applaudit. Garance s'extasie. Timothée fait la moue pendant que Sybelle détourne son regard par réflexe. Sa migraine est passée mais elle sent que celle-ci peut réapparaître sans préavis. Lorsque Patrick lui tend la joue, pour faire bonne figure devant les enfants, elle étouffe une toux entre ses doigts. Elle a du mal à respirer et sent la colère monter. Pas certain qu'elle puisse tenir la soirée entière à faire semblant.

— Tu es ravissante dans ta petite robe bleue. Je ne savais pas que tu l'avais gardée et qu'elle t'allait comme un gant comme dans mes lointains souvenirs.

— Mmmm...

Hors de question que Sybelle attrape la perche. Elle préfère de loin se noyer dans le grand bain. Elle ne sait pas nager. Quelle importance. À son corps défendant, il serait possible de le séduire dans le seul but de le piétiner. Patrick peut se jeter à ses pieds et lui promettre monts et merveilles. Elle ne veut plus rien entendre. Comme elle, il doit souffrir de cette alliance, rouillée par la pluie torrentielle, pour mieux saisir la violence de son absence.

Patrick n'insiste pas. Il ne va pas se mettre à genoux pour lui faire plaisir. Si elle veut rester dans son coin à tirer une gueule de cinq kilomètres de long, c'est son problème. Plus le sien.

Gaspard fait rire la compagnie. Il est venu pour rentabiliser son habit de clown. Personne ne peut l'arrêter. Il chante, danse, virevolte, trébuche, tombe, se relève, grogne, peste, prend à témoin son public et continue à s'amuser. Son spectacle se déroule comme du papier à musique et Patrick n'ose tenir son propre rôle tant le nonagénaire excelle dans son art. Il n'incarne pas un personnage. Il est un artiste à part entière et mérite qu'on s'y attarde.

Adèle est aux anges. Ses deux parents sont réunis et elle espère un rapprochement au cours d'une photo souvenir. Gaspard tient l'appareil, le met à l'envers et se retrouve avec un selfie. On tente de lui expliquer le maniement de l'indélicat qui ne cesse de se dérégler. Il le balance dans les airs pour lui apprendre la vie. Les souffles sont retenus. Il l'attrape in extremis. Timothée décide de prendre les choses en main. Il installe un trépied de dernière minute et enclenche le retardateur pour que personne ne manque à l'appel. Le résultat est formidable. On le félicite mais il hausse les épaules car vraiment ce n'est pas sorcier.

— Allez Gaspard, viens au milieu, on est tous de la même famille. Tu es notre papigris adoré !

— Oh merci, cela me va droit au cœur.

Garance revient en tenue de princesse avec une baguette magique. Son père l'embrasse car il la trouve jolie.

Soudain, Adèle laisse échapper un cri. Elle croise ses bras sur son ventre et s'effondre. À terre, elle se tord de douleur, souffre le martyre et gémit à grand bruit. Tous les regards s'inquiètent et se posent sur elle. Trop de pression, la jeune femme s'évanouit. Sa sœur l'appelle tandis que son frère la gifle pour la faire revenir à elle, en vain. Ni une, ni deux, ses parents arrivent de concert. Son père la soulève tandis que sa mère attrape ses clés de voiture.

— Où allez-vous comme ça, demande Gaspard.

— Aux urgences, tu vois bien qu'elle n'est pas bien !

— C'est une blague, crie la fratrie.

Adèle se précipite dans les bras de Timothée et Garance. Ils carillonnent. Sybelle et Patrick se lancent un regard amer. On ne les reprendra pas deux fois. Sidéré, Gaspard claque la porte. Ce soir, il ne peut plus cautionner quoi que ce soit.

Notes
[1] – Chanson " *Valentine* " - interprétée par Maurice CHEVALIER - 1925
[2] – Jean NOHAIN - chanson " *Une demoiselle sur une balançoire* " - 1951 sur une musique de Mireille
[3] – BOURVIL - chanson " *la tactique du gendarme* " - 1949

TABLE

- ♥ Sybelle 11
- ♥ Daniel 15
- ♥ Le médecin 35
- ♥ Patrick 39
- ♥ Adèle 45
- ♥ La fratrie 53
- ♥ Souvenirs 59
- ♥ Gaspard 63
- ♥ Le couple 71
- ♥ Les voisins 79
- ♥ Présentation 85
- ♥ Hésitations 93
- ♥ Confidences 97
- ♥ Faiblesses 107
- ♥ Remue-ménage 113
- ♥ Préparatifs 123
- ♥ Anniversaire 133